D1513675

UNE MISSION DIFFICILE

DU MÊME AUTEUR

CHEZ LE MÊME ÉDITEUR

La Prose de Rimbaud, essai, 1992.

La Vie réelle, nouvelles, 1989.

L'Amateur de musique, essais, 1992.

CHEZ D'AUTRES ÉDITEURS

Le Poids de Dieu, roman, Flammarion, 1962.

Une littérature qui se fait, essais, HMH, 1962.

Retour à Coolbrook, roman, Flammarion, 1965.

Présence de la critique, anthologie, HMH, 1967.

Le Temps des poètes, essai, HMH, 1969.

Les Bonnes Rencontres, chroniques littéraires, HMH, 1971.

Un voyage, roman, HMH, 1973.

Le Roman à l'imparfait, essai, La Presse, 1976.

Anthologie de la littérature québécoise, La Presse, 1978-1980.

La Littérature et le reste, essai (avec André Brochu), Quinze, 1980.

Littérature et circonstances, essais, Hexagone, 1989.

De la littérature avant toute chose, entretiens avec Pierre Popovic, Liber, 1996.

Gilles Marcotte

UNE MISSION DIFFICILE

roman

Boréal

Les Éditions du Boréal sont inscrites au Programme de subvention globale du Conseil des Arts du Canada et reçoivent l'appui de la SODEC.

© Les Éditions du Boréal
Dépôt légal : 1ᵉʳ trimestre 1997
Bibliothèque nationale du Québec

Diffusion au Canada : Dimedia
Diffusion et distribution en Europe : Les Éditions du Seuil

Données de catalogage avant publication (Canada)
    Marcotte, Gilles, 1925-
    Une mission difficile
    ISBN 2-89052-806-5
    I. Titre.

PS8526.A64B67   1997   C843'.54   C96-941518-4
PS9526.A64B67   1997
PQ3919.M37B67   1997

I

— Mais enfin, me direz-vous !…

Elle ne comprend pas, c'est évident, et il est vrai que ce que j'ai à lui dire n'est pas très clair. Ou plutôt, oui, c'est clair, mais je n'ose pas, vous voyez, je fais des détours, j'emprunte des chemins tortueux, enfin je dis autre chose que ce que je voudrais, que ce que je devrais peut-être dire. Puis, durant quelques minutes, je me tais et je la regarde, ce qui a le don de la conduire aux confins de l'exaspération. Mais il y a le ton, quand même. Comment ne serait-elle pas sensible au ton ?

Je finis par lui demander un renseignement, un renseignement très banal qui du reste ne relève pas de sa compétence, un renseignement que j'aurais dû demander à n'importe qui plutôt qu'à elle, qui n'est pas la dernière venue. Et je m'en vais. Je sais que je reviendrai ; elle le sait aussi. J'ai cru m'apercevoir ces derniers jours que son exaspération devenait feinte peu à peu, que sans vraiment comprendre elle commençait à soupçonner quelque chose.

Il importe au plus haut point que les choses ne deviennent pas claires. Je mourrais.

L'Organisation qui m'emploie a déménagé ici, dans ce bel édifice de style victorien, il y a environ deux mois, et je ne me suis pas encore habitué à ces lieux, j'y suis toujours aussi désemparé, déséquilibré. L'originalité la plus marquante de l'édifice est de comporter en son centre une grande pièce ronde, d'où partent les couloirs qui conduisent aux bureaux. C'est beaucoup d'espace perdu, ont dit les spécialistes; et on a suggéré avec insistance d'y disposer un grand nombre de pupitres, de classeurs, de secrétaires, d'auxiliaires, séparés les uns des autres par des cloisons à mi-hauteur comme on en voit tant aujourd'hui. Il est difficile d'imaginer pourquoi, cette fois, la direction a résisté à ces beaux plans. D'aucuns ont avancé, absurdement, que c'était à cause du tapis bleu — bleu acier, dirais-je, bleu pâle et fort — qui produit sur le visiteur, quand il arrive, un effet de saisissement. Imaginez qu'allant à l'assurance-chômage pour déposer une plainte, vous ne vous trouviez pas devant un magma de pupitres, de choses, où s'agite une populace de fonctionnaires, mais subitement, sans transition, sans raison, dans ce qu'on ne saurait appeler qu'un désert, un désert de bleu intense, d'autant plus fascinant — d'autant plus dangereux, diraient certains — qu'on en voit les limites parfaitement dessinées. C'est l'infini, et l'on sait maintenant où il se trouve, quel aspect il a. C'est le silence, et tous les bruits de l'univers en menacent l'intégrité, retenus à grand peine par les murs de pierre. C'est extrêmement séduisant, et d'une froideur extrême.

Elle est seule dans ce grand espace, près du bureau du directeur. On ne risque pas de la prendre pour une réceptionniste; cette dernière se trouve devant la grande porte qui donne sur la rue. Serait-elle, tout simplement, la secrétaire du directeur? En un certain sens peut-être, mais disons plutôt son adjointe, son bras droit. On le voit très rarement, le directeur ; il court les bureaux des ministères pour amasser les subventions qui permettront à l'Organisation de continuer son travail, son *excellent travail* affirme-t-il à tout venant, et personne n'ose le contredire bien que la nature de ce travail ne soit pas très exactement connue. Elle, l'adjointe, la collaboratrice, l'*âme,* elle est toujours là. Je dois traverser la pièce dans toute sa longueur lorsque je vais la voir pour quelque raison administrative, et je ne le fais pas sans difficulté. Je voudrais regarder ailleurs pendant le trajet, mais je ne trouve rien où accrocher mon regard, il n'y a qu'elle, là-bas puis de plus en plus près, et même si elle ne me voit pas encore, même si elle n'adopte pas l'air sévère, inflexible, dont elle m'accueille invariablement, je sens peser sur moi une très grande puissance d'attraction, une menace peut-être.

Je pourrais, sans doute, ne lui parler qu'au téléphone. Durant toute une semaine, je l'ai fait. J'espérais, par ce moyen, me soustraire au magnétisme de sa présence. Mais une voix, ça peut être pire que tout, à la longue. Je suis revenu aux ennuis, aux périls de la marche à pied, mais en apportant quelques variations à l'opération. Plus d'une fois, par exemple, au lieu de traverser en droite ligne l'espace bleu — oh ! si terriblement bleu… —, je me suis rendu à destination en suivant le pourtour de la pièce, me donnant l'air, lorsqu'on me regardait avec un peu d'insistance, d'examiner la surface du mur comme s'il pouvait s'y trouver quelque défaut. J'arrivais donc de côté ; je toussais légèrement, pour annoncer ma présence ; et je présentais ma note de frais, avec les quelques explications orales qui me paraissaient indispensables. Ou bien, je me munissais d'un collègue, avec qui je discutais très vivement en me dirigeant vers le bureau, faisant mine de ne l'apercevoir, elle, qu'à la dernière minute ; retenant l'autre, le collègue, pour lui arracher un renseignement supplémentaire ou lui en donner un, «Dites-moi…», «Justement, Melville me disait hier mais ne le répétez pas…», «Surtout, ne volez jamais sur Air-Inca, ils ont une façon d'atterrir…». Et cetera. Pendant ce temps, elle me regarde, impatiente sûrement car je la fais attendre, mais ne le montrant que par un léger pincement des narines. Et puis, voilà, je suis seul devant elle. Je voudrais être léger, désinvolte… Une autre méthode consiste à multiplier les détours, les manœuvres de diversion. Je sors de mon propre couloir et j'entre aussitôt dans un autre, où se trouve un document dont j'ai absolument besoin ; puis dans le suivant, et ainsi de suite, jusqu'où vous savez. Il faut, pour réussir une telle entreprise, s'être soigneusement préparé, avoir élaboré un plan qui ne laisse aucune place à l'improvisation. À plus d'une reprise, je dois l'avouer, n'étant arrivé qu'au deuxième couloir, j'ai dû recourir, faute de préparation suffisante, à des subterfuges qui n'étaient pas dignes d'un cadre moyen en instance d'avancement. Et même, une fois, j'ai dû battre piteusement en retraite, revenir sur mes pas, me terrer dans mon bureau pendant une demi-heure avant de recommencer l'opération. Ai-je bien vu, cette fois, un sourire ironique, voire complice, flotter sur son visage ? Je me méfie de mon imagination.

On croira peut-être, d'après ce qui précède, que je mène une existence difficile, compliquée, un peu malheureuse, que j'ai des dispositions pour la mélancolie et l'insuccès, que je fais bizarre figure dans l'Organisation sérieuse qui m'emploie. Tel n'est pas le cas. Pour l'essentiel, je suis un employé raisonnable et efficace, sur qui l'on peut compter. Je suis même plutôt gai, je vous prie de le croire. Je voyage beaucoup, à l'instar de mes collègues : nous sommes engagés pour ça. Il m'arrivera de partir, avec un préavis de quelques heures seulement, pour le Pérou, le Luxembourg ou le Pakistan. Comme je n'ai ni femme ni enfants, ni d'ailleurs aucun lien familial sauf un frère également célibataire, Jérôme, qui est deuxième trompette à l'Orchestre philharmonique, la chose ne présente pas de difficulté. Il me suffit d'arriver à l'aérogare pour devenir, peut-être pas un autre homme, non, ce serait trop dire, mais un homme plus libre, plus léger, mieux accordé à ses propres actions. Je ne pense pas à elle, je n'y pense pas du tout. Il y a tant de choses à faire, tant de dossiers à compulser, tant d'idées à mettre en ordre, tant d'énergie à dépenser, tant de difficultés à anticiper! Vous ne savez pas ce que c'est que de prendre l'avion — que dis-je, beaucoup d'avions, des plus grands aux plus petits, à mesure qu'on s'approche de l'objectif — pour gagner tel coin perdu de la jungle bornéenne. J'ai un ami, ambassadeur, qui a été en poste durant quelques années à Singapour. Il a beaucoup aimé. Il s'est intéressé fortement à l'histoire du pays. Il a visité un à un, jour après jour, jusqu'à l'épuisement complet, tous les temples. Il a goûté les plats les plus célèbres. Il s'est enquis des coutumes locales. Il a noué des amitiés, peut-être même des liaisons, mais je n'insiste pas, par considération pour sa femme qui est une très chère amie. Enfin, vous voyez. Moi, c'est différent. Arrivant dans un pays étranger, Singapour par exemple, j'affronte d'abord l'administration en ce qu'elle a de plus compliqué, de plus touffu, de moins aimable ; puis je m'empresse de quitter la grande ville pour m'enfoncer dans l'inconnu, entreprendre le long périple, le long pèlerinage qui me conduira où je dois aller. Mais les délais administratifs sont souvent considérables. Alors, malgré les conseils de mon ami l'ambassadeur, je ne m'installe pas dans un de ces palaces anciens qui font la gloire de la ville et qu'on a restaurés à grands frais pour les amateurs d'exotisme, mais bien dans le Hilton le plus récemment construit, et si le Hilton est bondé un Marriott ou un Holiday Inn fera aussi bien l'affaire. Peu m'importe Singapour... Je veux, dans une chambre anonyme et confortable, rêver.

La situation paraît, au départ, un peu embarrassante.

Me voici, au centre de la grande pièce ronde, de la grande pièce au tapis bleu, mais d'un bleu instable maintenant, d'un bleu fuyant, tenant dans mes bras une femme entre deux âges, ni laide ni belle mais que j'aime énormément, et à qui j'exprime mon amour, par le geste et la parole, avec une sorte de grandiloquence. Je devrais être intimidé, dans ce lieu quand même public, mais ce matin j'ai toutes les audaces, faites l'amour pas la guerre, la jouissance *über alles*! Je la déshabille, je la caresse de plus en plus intimement, sous les regards poliment intéressés d'un nombre assez considérable de camarades de travail, venus des bureaux avoisinants. Qui est-elle? D'instant en instant elle n'est plus la même. Elle était tout à l'heure entre deux âges, et la voici toute jeune, si jeune que j'hésite à poursuivre ; et voici qu'elle vieillit, elle vieillit à toute allure, je voudrais l'arrêter mais rien n'y fait, elle vieillit à n'en plus finir et qui est-ce que je tiens dans mes bras, si fatiguée, si ridée, si ce n'est, si ce n'est...

Changement de décor. J'entre dans un grand bureau — c'est en Suède, je crois —, où se trouvent des personnes extrêmement élégantes : un homme jeune, élégant comme je l'ai dit, qui est peut-être ambassadeur mais je n'en suis pas sûr ; et une femme, une très belle femme, portant une robe longue à la fois très simple et très riche, et dont je ne connais pas la fonction dans cette ambassade ou dans ce bureau. Elle m'intimide beaucoup, je l'ai à peine regardée, et je ne lui adresse pas la parole. (Je ne pense qu'à elle pourtant.) En revanche, je discute beaucoup avec l'homme jeune. Nous parlons du monde dans son ensemble, de la nécessité d'y introduire des réformes importantes. Ça ne sera pas facile, dis-je, et il en tombe aisément d'accord. Nous entrons dans les détails, car nous avons tous deux une assez vaste expérience des choses. La conversation dure longtemps. Il me semble que mes relations avec l'homme jeune sont bonnes, très bonnes même oserais-je dire si je ne sentais dans le bureau, tout près, tout près de moi, une présence qui me trouble infiniment.

J'aurais dû le noter : la pièce est grande, moderne, meublée avec la plus fine discrétion, et surtout claire, extrêmement claire — peut-être trop —, avec une immense fenêtre qui donne sur la mer. Je regarde la mer, et j'y retrouve le bleu clair de la robe de la jeune femme. Une clarté plus grande ne saurait s'imaginer. Au-delà, ce serait le blanc.

Nous avons atteint la limite du bleu, et nous nous y tenons comme sur une corde raide, attentifs à ne pas basculer de l'autre côté, où peut-être, anges que nous sommes, nous risquerions de nous brûler les ailes. Dans cette pièce si claire, nous sommes au frais, loin de toute passion ravageuse. Comment se fait-il que je n'y sois pas à l'aise, détendu ? Je voudrais ne pas le savoir, mais je le sais : le malaise vient de cette longue robe bleue, près de moi, trop près. Il suffirait que la belle jeune femme fasse un geste, émette un son pour que je sois jeté dans le néant, ou dans un enfer d'azur. Ne pas oublier : elle est blonde, aussi ; elle est fille du soleil.

Je regarde intensément du côté de la mer, comme si je cherchais quelque chose. Et je vois une petite île, au loin. Je demande à mon hôte comment elle s'appelle. Il répond : la Somnambule. C'est là que je voudrais être, là-bas, sur cette île desséchée, au milieu de la mer. Mais j'en suis inéluctablement séparé.

Je me tourne, le plus lentement que je peux, vers la jeune femme. Ne dirait-on pas qu'elle me sourit ? La vitre se fracasse. Je ne vois plus rien.

Mon frère Jérôme prétend que si j'avais appris à jouer de la trompette, comme lui, je serais devenu un être plus clair, plus décidé, moins facilement abandonné aux subtilités du pour et du contre, aux caprices infinis du désir, aux aléas du rêve. Quand je deviens trop lourd, dit-il, je me joue mentalement le long solo de *Petrouchka*, et lorsque je me sens trop obscur, trop enchevêtré, les dernières mesures de l'ouverture d'*Egmont*, ça vous nettoie l'horizon d'un seul coup ; quand…

Je l'arrête, car il devient facilement intarissable, une fois engagé sur cette pente. Je voudrais bien l'y voir, lui.

J'ai pris l'avion ce matin, à Singapour, un petit avion bondé de gens du pays qui, je vous l'assure, ne sentaient pas tous bon — je ne suis pas raciste, mais —, et après quelques heures d'un voyage assez cahotant me voici à Bornéo, dans un chef-lieu qui n'est guère plus qu'une grosse bourgade. Je suis un peu fatigué, je dois le dire, car hier soir, au lieu de rester dans ma chambre d'hôtel et de prendre des forces en prévision d'un voyage qui ne pouvait être que difficile, je me suis précipité à la salle de concert de Singapour, où la grande Joan Sutherland chantait du Haendel. La bourgeoisie de Singapour raffole de Haendel. Ce n'est pas facile à expliquer. Chaque année, elle invite une cantatrice célèbre à venir lui chanter du Haendel, et notre Maureen Forrester elle-même y est venue plus d'une fois. Cette année, c'était Joan Sutherland, je ne pouvais pas manquer ça. J'ai pris place dans la salle de concert ultra-moderne de Singapour au milieu d'une foule de beaux visages orientaux, et pendant deux heures je me suis égaré dans les airs de *Giulio Cesare*, de *Samson*, d'*Alcina*, du *Messie*, de *Semele*, oublieux de tout, oublieux de Haendel même qui ne faisait que prêter des mélodies à cette voix prodigieuse, la grande voix de femme qui ne nous laissera en paix, finalement, que si nous lui accordons tout, ou presque tout. *Et les frissons s'élèvent et grondent, et la saveur forcenée de ces effets se chargeant avec les sifflements mortels et les rauques musiques que le monde, loin derrière nous, lance sur notre mère de beauté, — elle recule, elle se dresse…* Autour de moi, à mesure que le concert progressait, on s'excitait, on s'enthousiasmait, et quand à la fin le triomphe éclata, je n'étais déjà plus là, rivé à mon fauteuil j'étais ailleurs, dans un autre monde. Je suis rentré à pied, malgré le danger. Dans une autre ville, j'aurais peut-être passé une partie de la nuit dans les bars, dans les clubs, pour ne pas dire plus. J'ai mal dormi. C'était prévu.

Me voici donc à Bornéo. Je ne vous décrirai pas le pays. Les lecteurs d'aujourd'hui, abonnés au *National Geographic* et amateurs de films documentaires, en savent plus sur les pays lointains que ceux qui s'y rendent pour affaires, et il serait assez ridicule, n'est-ce pas, de tenter de rivaliser par le langage avec les superbes photos coloriées que transportent des médias indiscutablement plus riches. L'exotisme, c'est l'exotisme. Les fonctionnaires, c'est autre chose. Je me rends, aussitôt arrivé, à ce qu'on peut considérer comme la sous-préfecture de la région, où je dois d'abord signaler ma présence, puis trouver l'équipement nécessaire à l'expédition. Après deux ou trois jours de tractations, tout finit par s'arranger. Et j'envoie au Centre le télégramme d'usage :

SUTHERLAND TOUJOURS MERVEILLEUSE QUOI QU'ON EN DISE   STOP   PROBLÈMES TECHNIQUES EN VUE   STOP   CETTE MOUCHE VA ME FAIRE PERDRE L'ESPRIT   STOP   PAS DE ROUTE CARROSSABLE ET LES PORTEURS COÛTENT CHER   STOP   SUTHERLAND   STOP   LA FEMME DANS LE BUREAU

DEVANT LA GRANDE FENÊTRE DEVANT LA MER VOUS RESSEMBLAIT UN PEU TROP STOP STOP INUTILE D'ENVOYER DES FONDS SUPPLÉMEN-TAIRES STOP ON TRAVAILLE ON TRAVAILLE ON S'ÉPUISE ON SE FAIT MOURIR ET QU'EST-CE QUE ÇA DONNE EN FIN DE COMPTE STOP ÇA COÛTERA BEAUCOUP PLUS CHER QUE PRÉVU STOP ME DÉ-BROUILLERAI STOP NOSTALGIE STOP BLEU BLEU BLEU LE CIEL DE PROVENCE STOP J'AI REN-CONTRÉ AUTREFOIS UN FONCTIONNAIRE AIMABLE STOP AIMABLE STOP AIMER STOP AIMER QUI STOP STOP STOP JAMAIS JE N'APPREN-DRAI À JOUER DE LA TROMPETTE STOP ARRÊ-TEZ-MOI STOP SI JE MEURS PRÉVENEZ LE PATRON STOP

Je m'apprêtais à m'enfoncer dans la forêt vierge, deux jours plus tard — enfin, vierge, on dit ça —, lorsque je reçus du Centre une dépêche ainsi conçue :

FRAIS DE TÉLÉGRAMME EXCESSIFS STOP CIEL BLEU MAIS TEMPS DURS STOP SOUVENEZ-VOUS D'OSTENDE

Si je m'en souvenais !…

J'avais passé à Ostende les deux semaines les plus difficiles, les plus dangereuses de mon existence, et il s'en était fallu de peu, de très peu, que j'y laisse ma peau de fonctionnaire trop consciencieux. Ostende, Ostende, j'y rêvais depuis des années, et comme tout le monde sans doute j'y ajoutais le r qui dit tout, Ostendre, mais en pensée seulement, pour ne pas enlever au nom d'Ostende sa prodigieuse douceur, sa blonde volupté ; et d'ailleurs, n'est-ce pas, il y avait bien assez de consonnes dures et de conflits sonores dans le nom du canal de Zeebrugge qui venait jeter là ses eaux tranquillement courantes. Ne me demandez pas ce que j'allais faire dans cette ville, je m'en souviens à peine, d'autant que j'avais été prêté, si je ne me trompe, à une autre agence. Ne me demandez pas non plus si c'est à seize ou à dix-huit heures que le premier choc s'est produit, que j'ai commencé à m'emmêler dans les fuseaux horaires et les fils d'araignée depuis trop longtemps tissés par la fatalité. C'était l'automne, et je marchais sur la grande plage, presque complètement déserte en cette fin d'après-midi ou ce début de soirée. Contre le temps humide et froid, je m'étais bien protégé : imper lourd, foulard, béret, souliers robustes, et je marchais d'un pas moyen, tantôt regardant la mer et tantôt le casino art déco, qui plus que la mer me faisait sentir que j'étais ailleurs. Nous avons failli buter l'un sur l'autre, étrangement ; deux êtres humains si peu considérables dans un aussi grand espace... Et nous avons poursuivi la promenade ensemble. (Qui, des deux, a rebroussé chemin, a abandonné sa propre direction pour prendre celle de l'autre ?) Je l'avais à peine vue, et il aurait été indélicat sans doute de me tourner vers elle et de l'examiner comme une étrangère, comme une chose. Nous avons parlé un peu, je pense. J'ai dit mon métier : enquêteur international, sans qu'elle me rende la pareille. Je lui étais reconnaissant de cette discrétion, car j'aurais été désolé d'apprendre qu'elle était ceci ou cela, notaire ou détective, célibataire ou mariée, jeune ou moins jeune. Dès les premières minutes, j'ai su que je n'irais pas au récital que donnait ce soir-là, dans la grande salle du casino, Gundula Janowitz, récital que j'attendais pourtant avec impatience, n'ayant jamais réussi à rejoindre la cantatrice dans mes nombreux déplacements, arrivant toujours un ou deux jours trop tôt ou trop tard dans la ville où elle devait chanter. J'envoyai le lendemain un télégramme au Centre :

ENQUÊTE IMPOSSIBLE STOP IMPASSE TO-TALE STOP ENNUIS DIVERS ET CONSIDÉRABLES STOP EXPLICATIONS INUTILES STOP IL PLEUT DANS MON CŒUR COMME IL PLEURE SUR LA VILLE STOP EN CONSÉQUENCE STOP

Le lendemain, donc… Depuis très longtemps, depuis une éternité, depuis douze ou quatorze heures, l'enquête, sale affaire de drogues, de chantage, d'armes, m'était complètement sortie de la tête et nous ne quittions la chambre d'hôtel que pour aller, sur la plage, faire des promenades de plus en plus longues qui nettoyaient ma conscience de toute autre pensée. Je l'avais oubliée, elle ! J'avais également oublié Gundula Janowitz la sublime, cette voix bouleversante et ambiguë d'un Petit Chanteur de Vienne qui aurait, l'âge venu, bifurqué dans une direction imprévue, et que jamais sans doute je n'aurais une autre occasion d'entendre. Je regardais Monika, son rond visage de Flamande — je le revois encore, dans la forêt de Bornéo ! —, je la regardais sans parler ; ou plutôt nous parlions, bien sûr, mais c'étaient des paroles sans poids, sans importance, de ces mots qu'on prononce sans y penser, moins pour leur sens que pour la petite musique insignifiante qu'ils font, murmure de la vie trop heureuse. C'est donc avec stupéfaction que je reçus du Centre, ce jour même, un très bref télégramme :

REVENEZ   STOP   SANS DÉLAI   STOP

Je ne comprends pas, non, je ne comprenais pas ce que cela voulait dire. J'étais assis sur le bord du lit, Monika me regardait, et je lisais et relisais le télégramme, silencieusement puis à voix basse, me demandant pourquoi on me rappelait aussi rapidement là-bas, quelle raison j'aurais d'obtempérer à cette absurde sommation. Je pense que j'ai pleuré un peu. Quand je me suis retourné, Monika était déjà à moitié vêtue. Elle avait compris ce que je ne comprenais pas encore, que ces mots disaient la fin, que nécessairement j'allais rentrer puisqu'on m'en intimait l'ordre. Je l'avais aimée — je pensais déjà à elle au plus-que-parfait — pour cette docilité, pour cette entière sujétion à ce qui vient, ne dure pas, s'en va, ne revient jamais. J'entrepris à mon tour de faire mes bagages, sans mot dire. Je me voyais dans le grand hall au tapis bleu, sous son regard aimable et froid. Je tremblais un peu, pour quelque raison. J'eus l'impression que dans le regard de Monika, lorsqu'elle vint près de franchir le seuil de la chambre, il y avait quelque chose qui ressemblait à de la pitié.

Un léger délai, tout de même, paraissait nécessaire. Au lieu de me rendre à l'aérogare de Bruxelles, je pris la malle de Douvres, et de là le train pour Paris, où l'on annonçait un récital de Régine Crespin, un récital d'adieu. Elle seule, me disais-je, pourrait envelopper d'une certaine sérénité la nostalgie que j'avais de Monika. J'espérais du Schumann. Ce n'était que du Berlioz, les *Nuits d'été*, la fade et vieillotte poésie de Théophile Gautier…

Reviens, reviens, ma bien-aimée !
Comme une fleur loin du soleil,
La fleur de ma vie est fermée
Loin de ton sourire vermeil.

À la troisième ou quatrième chanson je réussis à oublier les paroles pour n'entendre que la voix. Le danger toujours présent de retomber dans la poésie, la versification, la signi-fication, donnait à mon écoute une acuité prodigieuse, j'étais attentif aux moindres effets de timbre, d'intensité, d'émotion. Véritablement, je me trouvais dans un état second, et c'est la raison pour laquelle, en dépit de toutes les recommandations que j'avais reçues durant mon entraîne-ment, je ne prêtai pas l'attention nécessaire à un homme qui depuis la salle Pleyel me suivait obstinément le long des rues de plus en plus sombres qui conduisaient à mon hôtel. Je ne sentis même pas la balle me traverser l'épaule. Je m'affaissai comme une masse et l'apparition inopinée d'un groupe de fêtards m'évita le pire. Après m'avoir donné quelques soins, on me rapatria dare-dare. Règlement 86b, section Y. Aucune enquête n'eut lieu.

Il m'est difficile d'expliquer pourquoi, comment elle s'installa chez moi durant ma convalescence. Je n'avais pas besoin, à vrai dire, de beaucoup d'aide. Et sa présence, dans mon appartement de célibataire, me paraissait, oui, déplacée. Elle n'était pas faite pour ça, pour le quotidien, pour la vaisselle, pour le ménage, pour les bandages. Sa présence, là, avait un caractère presque obscène. J'étais si troublé, si profondément dérangé dans l'idée que je me faisais, que je devais me faire d'elle, qu'un soir, alors qu'elle était assise tout près de moi, je laissai ma main tomber sur son genou. Elle ne réagit pas ; elle continua de parler — il était question de notre sujet préféré, les idées politiques du Dalaï-Lama — comme si de rien n'était. Au bout de quelques minutes, je retirai ma main sous un prétexte quelconque, café ou cigarette, évitant de la regarder. Je n'étais pas fier de moi. Est-ce à cause de cette expérience que la nuit suivante je vis, ou crus voir, ce que je n'aurais jamais osé imaginer ? Était-ce bien elle, dans la porte de ma chambre, révélée par la lumière du couloir, entièrement nue, *comme au cinéma* ? Elle se présentait de profil. Les seins tombaient un peu, et le ventre, ma foi... Ce n'était pas Vénus. C'était elle. J'étais hors de moi. Je me rendormis aussitôt, et dans mes rêves il n'y avait rien, rien, rien, seulement un immense drap blanc qui battait au vent, de plus en plus furieusement. Elle ne revint plus.

J'ai affaire à un serpent. C'est une très belle bête, un spécimen de ce qui se fait de mieux dans le genre à Bornéo, et je me méfie. Il me fixe, immobile, au milieu du sentier, sachant fort bien que la brousse est trop épaisse des deux côtés pour que je puisse l'éviter, et me défiant de lui livrer bataille. Mon guide, mes porteurs dayaks sont à quelque distance, et je ne saurais décemment faire appel à leurs services pour une difficulté somme toute, à leurs yeux, mineure. Le serpent et moi, donc, face à face. Il secoue la tête, siffle un peu, sort la langue comme si l'heure du déjeuner approchait et qu'il se trouvait devant une table bien garnie : moi. Je connais, pour ainsi dire, la chanson. Ce n'est pas la première fois, au cours de mon existence aventureuse, que je suis ainsi provoqué. Revolver ou machette? Le revolver est un instrument grossier et ce matin, me sentant en forme, j'ai le goût de me colleter à mains presque nues avec un adversaire digne de moi.

Il est rusé, le reptile, hypocrite et prêt à tout! Pendant que je délibère sur le choix des armes, il fait un bond sec dans ma direction et je ne dois qu'à ma forme physique superlative d'éviter la morsure qui aurait mis fin au combat avant son commencement. Je suis fâché, là, vraiment un peu fâché. En me jetant de côté je donne un coup de machette dans la direction de la bête, et je l'ébrèche tout juste assez pour qu'elle apprenne à qui elle a affaire. Elle recule aussitôt de quelques mètres et c'est moi qui, à mon tour, attaque. Ma méthode, c'est d'en couper des bouts, en commençant par la queue. La méthode du boudin, comme je l'appelle. Le difficile, c'est de commencer. Après, le serpent s'affaiblissant peu à peu pour cause d'hémorragie croissante, ça va presque tout seul, et quand on arrive près de la tête on s'aperçoit, avec un étonnement que l'habitude n'émousse pas, qu'il est devenu inutile de la couper, la besogne étant déjà faite. Il y a quelques ennuis, bien sûr. Le sang finit par abîmer un peu votre costume colonial, les rondelles vous atteignent parfois au visage, et je ne parle pas de cette gueule sifflante, béante, qui voudrait bien avoir quelque chose à se mettre sous la dent avant le spasme final. Quelle vie, mon dieu, quelle vie!... Parfois, je suis un peu fatigué. Et la journée ne fait que commencer. Il y aura la marche encore, durant de longues heures, dans la forêt hostile; le repas à partager avec des indigènes un peu grossiers, et cette viande qui n'a pas toujours la couleur souhaitée; d'autres serpents, peut-être; la préparation du camp pour la nuit... Je suis en pénitence ici, je le sais, bien qu'au Centre on n'ait jamais fait allusion à l'épisode belge. Plus d'Europe, plus de bons hôtels, de transports confortables, de ces mille riens qui rendent la civilisation occidentale si digne d'être aimée. Pour moi, c'est désormais — jusques à quand, mon dieu, jusques à quand? — l'Afrique et l'Asie, à la rigueur l'Amérique du Sud, c'est-à-dire la forêt, la saleté, les animaux peu commodes, les langues peu familières, l'exil, la misère. Le plus étonnant, peut-être, c'est que je n'aie pas songé à protester, quand après quelques mois il m'est apparu qu'on avait ainsi changé mon programme de travail et mon style de vie. Je sentais, je sens obscurément qu'il me faut expier quelque chose, un manquement à quelque règle non écrite. Ce soir, par exemple, je suis fatigué, épuisé comme vous ne pouvez pas l'imaginer, rendu au bout de ma corde, et pourtant l'idée ne me viendrait pas de tenter de me soustraire au joug qui m'accable. Je suis d'accord. Je suis épuisé, mais je suis d'accord. Les porteurs sont déjà endormis et je reste assis devant le feu, en compagnie de l'interprète, qui a une grande réputation de sagesse dans sa tribu, et avec qui il m'arrive d'échanger des paroles non indifférentes.

— Vous êtes ailleurs, dit-il. Votre esprit est ailleurs. Votre Esprit est ailleurs.

Il m'agace parfois, avec son air de tout savoir, de tout comprendre. Il le sait. Il attend un peu avant de reprendre la parole.

— Je vois une grande pièce ronde, toute bleue, puis au fond, tout au fond, à une très grande distance, ô douceurs, ô monde, ô musique, les chevelures et les yeux, flottant, et les larmes blanches, bouillantes, — ô douceurs!

— et la voix féminine arrivée au fond des volcans et des grottes...

Il a une vision, c'est sûr. De quel fond magique tire-t-il ces images qui me parlent si exactement de moi-même?

Peut-être a-t-il deviné ma question, car il ajoute :

— C'est aussi simple qu'une phrase musicale.

Il aime ces affirmations péremptoires, énigmatiques, sans réplique possible. Il me regarde une seconde, le regard amusé d'une ironie. Puis il se laisse reprendre par la vision.

— Le matin où avec elle, vous vous débattîtes...

Non, non, il se trompe maintenant! Je le jure, il ne s'est rien passé de tel, jamais je n'aurais osé! Oui, bien sûr, elle s'était montrée dans la lumière de la porte, au cours de la nuit, mais... Non! je le jure!

— Tu en es encore à la tentation d'Antoine...

Il est étonnant, ce Dayak. Comment a-t-il pu entendre parler d'Antoine dans son Bornéo natal? Pour un peu, il me citerait Flaubert!

— ... l'ébat du zèle écourté, les tics d'orgueil puéril, l'affaissement et l'effroi...

Il a prononcé les derniers mots d'une voix sourde,

caverneuse. Il n'ignore pas les lois du théâtre, et je le soupçonne de me manipuler un peu. Il ajoute, en me regardant avec le même sourire légèrement ironique :

— Petite veille d'ivresse, sainte…

Nous avons un peu bu, en effet, nous avons partagé le whisky nocturne des explorateurs, des enquêteurs, des voyageurs de tout acabit. Mais la sainteté… Moi, comme le disait tout à l'heure mon sorcier préféré, ce serait plutôt le « zèle écourté ». Je ne suis pas plus saint que je ne suis ivre. C'est avec une lucidité épouvantable que je pense de nouveau à ce corps apparu dans la clarté blafarde du seuil, certaine nuit. Je ne suis pas ivre. J'ai peur.

— Des sifflements de mort et des cercles de musique sourde font monter, s'élargir et trembler comme un spectre ce corps adoré, des blessures écarlates et noires éclatent dans les chairs superbes…

Est-ce un tigre que j'entends ? Qu'est-ce qui remue, qu'est-ce qui respire, qu'est-ce qui menace, là-bas, tout près ? Je suis seul. Mon ami le sage dayak m'a abandonné ; il est entièrement absorbé par la contemplation du feu, il habite un monde qui n'est absolument plus le mien. Il prononce, comme en rêve, des bribes de phrases :

— Un coup de ton doigt sur le tambour…

Puis :

— Ô les énormes avenues du pays saint…

Et encore :

— Un souffle disperse…

Il s'arrête au milieu de cette phrase, et je sais qu'il n'ouvrira plus la bouche. Il passera la nuit à regarder le feu, à dormir. Demain, il sera frais et dispos alors que moi, je sortirai difficilement d'un sommeil trouble, traversé de toutes sortes d'images désagréables. Je serai plus dur que d'habitude pour mon guide, mes porteurs. Je poursuivrai ma route avec une détermination rageuse, décidé à en finir au plus tôt avec cette mission absurde, cette forêt, ces bêtes, ces rêves, ces avertissements obscurs. Je penserai au serpent de la journée précédente, et je regretterai son absence. J'aurai le goût d'en rencontrer un autre, plus féroce encore, à qui je ferais subir le même sort. Que voulez-vous que je fasse, dans la vie réelle, des considérations fumeuses, poétiques j'en conviens aisément, mais tout juste propres à intéresser les ethnologues, d'un sorcier dayak ?

Heureusement, le lendemain soir, nous couchons non pas à la belle étoile, à la merci des paroles obscures, des rêves désordonnés et des bêtes sauvages, mais dans un village pourvu des commodités de la civilisation, W.-C., télégraphe, quelques lits plus ou moins propres, et la télévision comme de bien entendu. Pas en couleurs, cependant, mais en noir et blanc ; je l'ai déjà dit, nous sommes dans une région très éloignée. On y présente ce soir-là un feuilleton venu de je ne sais quel pays et ayant pour titre, je ne me souviens plus exactement, *La Petite Vie, La Grosse Vie, La Petite Existence,* qui montre des humains fort agités — Monika et moi les avions trouvés légèrement ridicules lorsque nous les avions vus à la placide télévision belge —, auxquels le contexte bornéen confère maintenant, il faut le dire, une sorte d'aura tragique. Eh oui, ces humains, ces personnages semblent horriblement malheureux, maltraités par le destin, et leurs rictus, leurs gestes désordonnés, leurs éructations, leurs déambulations giratoires, leurs sauts trahissent une angoisse existentielle dont seul un dieu fort pourrait les sauver. L'atmosphère, dans la grande salle où se trouve l'appareil, est extrêmement lourde lorsque l'émission se termine. Les spectateurs n'osent pas se regarder les uns les autres, chacun craignant de trouver sur le visage de son voisin les traces d'une terreur semblable à la sienne. Est-ce la raison pour laquelle ils riront si fort quand on présentera en complément de programme, juste avant l'hymne national, Joan Sutherland chantant «*Tirania Gelosia... tornami a vagheggiar*» et «*Ah! mio cor! schernito sei!*», deux airs d'*Alcina* qui ne manquent jamais de me tirer des larmes? Je suis indigné, outré. Quoi, ces barbares, ces sauvages, ces incultes!... Je suis sur le point d'exprimer mon indignation lorsque je sens qu'on me tire par la manche. C'est mon ami, le sorcier dayak. Il me fait sortir en vitesse et entreprend de m'expliquer que d'après les meilleurs ethnologues, le rire, chez les Dayaks... Mais il s'interrompt, me considère d'un air profondément découragé et m'entraîne vers le télégraphe.

Je n'ai guère le goût de télégraphier, à vrai dire. Parfois, oui, j'adore, comme on l'a vu plus haut, ça me fait du bien, je trouve là un moyen d'expression qui permet de faire l'économie des circonvolutions syntaxiques et ne retient, des idées, des sentiments, que l'essentiel. Je me libère ainsi, je me débonde. Je parle de tout, de choses techniques et matérielles bien sûr, mais aussi de tout le reste, et l'âme n'est jamais bien loin. On m'a souvent reproché, au Centre, cette utilisation inconsidérée — disent-ils — d'un moyen de communication assez coûteux. Lorsqu'on me brandit au nez une note de frais trop salée, je ne fais aucune difficulté pour admettre mes torts, j'offre d'y aller de ma fortune personnelle. Cela ne se fait pas, paraît-il, dans une Organisation digne de ce nom. On s'est résigné. Mais aujourd'hui, mais ce soir, le télégraphe me laisse froid, j'éprouve à son égard une indifférence qui m'étonne moi-même. Il le faut, pourtant. Si je ne donne pas signe de vie, on mettra en marche, au Centre, des mécanismes de secours qui pourraient devenir gênants. J'écris :

TOUT VA TRÈS BIEN STOP MADAME LA MARQUISE STOP AIMEZ-VOUS BRAHMS STOP PRIÈRE ENVOYER SERPENT DE RECHANGE STOP RUMEURS ET VISIONS STOP L'AMOUR EST À RÉINVENTER STOP LES ENFANTS S'ENNUIENT LE DIMANCHE STOP LES DAYAKS SONT MORTELS STOP NOUS AUSSI STOP ARRÊT STOP

Vous voyez, le ton n'y est pas. Des clichés, des images quelconques, du surréalisme de bas étage. Le télégraphiste dayak à qui je remets ce message le transmet sans broncher : il ne connaît pas un mot de français, malgré les efforts déployés à Bornéo par l'Alliance française. La transcription terminée, il se tourne vers moi et se met à rire, stupidement, comme s'il avait compris. Je ris, moi aussi. On ne cesse de rire depuis que je suis arrivé dans ce maudit village. Je ris de plus en plus fort, si fort que mon ami le sorcier doit intervenir encore une fois. Il me ramène à notre cabane et me fait boire quelque chose de très fort.

Andromaque, je pense à vous, le savez-vous, Andromaque, vous m'êtes apparue cette nuit-là dans la splendeur de votre nudité, vous étiez infiniment lointaine et je vous adorais, ne vous approchez pas, surtout ne vous approchez pas, sans ouvrir la bouche vous chantiez avec toutes les voix, celle d'Irmgard Seefried et celle de Leontyne Price, celle de Kiri Te Kanawa et celle de Kathleen Ferrier, et toutes ces voix mêlées, fondues l'une dans l'autre et pourtant miraculeusement distinctes, étaient le son de votre corps, je vous entendais enfin, je vous entendais toute, et la distance, la distance, la distance, Andromaque, une distance infinie nous séparait et il me semblait que la musique nous éloignait encore l'un de l'autre, mais la distance était pleine de vous, de votre voix, la distance était le monde, je n'arrivais pas à vous joindre, je n'essayais pas, je ne le voulais pas, non, que vous étiez belle dans votre absence, que vous étiez lointaine, non seulement dans l'espace mais dans le temps, vous êtes la plus ancienne, celle qui ne mourra jamais qui ne vivra jamais, celle qui me fait vivre et qui me fait mourir, oh ! la plus que réelle, que faisiez-vous quand je parcourais le monde emportant votre image, non, votre voix, non, vos innombrables voix dans ma mémoire, dans mes rêves, dans mes bagages, vous ne faisiez rien sans doute vous n'avez qu'à être, il suffit que vous soyez pour que je sois, et encore cette nuit, parce que vous existez si puissamment je suis anéanti, qu'ai-je besoin d'être si je ne suis que l'oreille comblée de votre voix, je savais bien qu'il était inutile de vous chercher aux quatre coins de la planète, Andromaque, je pense à vous, je n'arrête pas de penser à vous, je m'épuise de penser à vous, vous êtes ma sorcière et mon ange et je marche sous le coup de votre malédiction, de votre bénédiction, je marche parce que je m'en vais, je m'éloigne, je fuis *l'immense majesté de vos douleurs de veuve,* à qui succéderais-je dans vos bras, dans votre pensée, je n'ose l'imaginer, la pièce est toute bleue, d'un bleu d'acier qui m'éblouit, je ne puis y rester qu'un instant sans mourir, sans être pulvérisé, alors je m'en vais, je fuis, je marche sans fin, Ostende ce n'était pas assez loin, pas assez étranger, pas assez sombre, je m'enfonce dans le cœur de la forêt, je n'y suis pas encore, je n'y serai peut-être jamais, peut-être alors ne penserai-je plus à vous, peut-être qu'enfin je dormirai d'un sommeil sans rêves où vous n'apparaîtrez pas dans la lumière blafarde de la porte, peut-être que j'aurai enfin la paix du nouveau-né, de celui qui ne sait pas encore et qui ne saura peut-être jamais, je vous appelle, Andromaque, parce que vous êtes veuve de moi depuis toujours, de toute éternité, comme je suis veuf de vous, traînant dans mes voyages un unique souvenir, une belle morte que je m'épuise à porter, toujours plus lourde à mesure que je m'éloigne, et m'éloigné-je vraiment, j'arrive au cœur de la forêt et qu'est-ce que ce cœur, Andromaque, je pense à vous, Andromaque, je vous, arriverai-je à dire le mot, je vous, impossible, il ne franchira jamais mes lèvres, même ici dans cette infinie solitude où personne ne le recevrait, je vous, Andromaque, je vous.

Je suis malade. C'est embêtant, être malade dans la forêt tropicale. Mon sorcier dayak fait de son mieux, multipliant les pommades naturelles, les incantations, les incisions, les cérémonies en tous genres, que je soupçonne émaner d'une magie assez noire, mais rien n'y fait, je me languis, je m'épuise. Sur la nature exacte de cette maladie il y aurait sans doute plusieurs hypothèses à faire du point de vue de la médecine occidentale, surtout si l'on fait intervenir tour à tour la psychanalyse, la psychosomatique et la réflexologie du pied. Je me les épargne, il fait trop chaud, il y a trop de moustiques et d'embêtements divers. Je me contente de gémir, de me plaindre à voix basse, dans une langue qui ressemble plus aux grognements d'un clochard aviné qu'à l'éloquence de l'Académie.

Les symptômes du mal sont apparus avant mon départ du village, et je n'exclus pas la possibilité que les Dayaks, indisposés par mes sentiments excessifs à l'égard de Joan Sutherland et du respect qui lui est dû en toutes circonstances, m'aient jeté un sort. J'aurais pu, j'aurais dû peut-être envoyer un deuxième télégramme — l'appendice A du règlement n° 397 le prescrit expressément —, mais à quoi bon, me disais-je? Enverrait-on un avion chargé de pénicilline dans la forêt tropicale pour me guérir d'une simple fièvre? Je puis encore marcher durant quelques heures, chaque jour. Mes discours, ceux surtout que je me fais à moi-même, souffrent d'un peu de confusion, mais point n'est besoin d'être Bossuet pour glapir des ordres à des porteurs dayaks. C'est le soir, lorsque je suis sur le point de succomber à un sommeil très lourd, que je m'inquiète. Il ne s'agit encore que d'une légère inquiétude. Je m'inquiéterai pour de bon quand — si cela se produit — j'entendrai, quelques secondes avant de chuter dans l'inconscience, Victoria de Los Angeles me chanter, avec une douceur vraiment insoutenable, la *Berceuse* de Brahms. Cela m'est déjà arrivé une fois, à Tiflis, il y a quelques années. J'ai failli y passer.

Ce soir, à l'étape, je sors de ma poche une lettre qui m'avait rejoint à Singapour, et que, pour une raison qui m'échappe, je n'avais pas encore ouverte. Elle est de mon frère, le trompettiste. J'y apprends avec une certaine détresse qu'il a décidé de quitter l'Orchestre. « Tu savais déjà, écrit-il, que le titulaire du poste de première trompette était décédé il y a quelques semaines, victime de l'anévrisme des trompettistes. Le poste devenant libre, j'ai décidé de poser ma candidature et le succès a couronné mes efforts, malgré l'affluence de candidatures venues d'aussi loin que New York, Moose Jaw et Kalamazoo. Mais il fallait désormais me remplacer à la deuxième chaise, et c'est là que les choses se sont gâtées : c'est, non pas le meilleur qui fut choisi, mais… la meilleure. Tu vois, je n'hésite pas à reconnaître ses mérites. Myrna est une excellente technicienne, et tout ce que je trouve à lui reprocher, après quelques semaines de jeu en commun, c'est d'avoir le staccato un peu mou. Ce n'est pas grand-chose, et un aussi léger défaut ne saurait justifier la décision que je viens de prendre. Elle ne joue pas trop fort, elle ne cherche pas à m'*enterrer*, comme on dit, et jamais elle n'a fait semblant de s'asseoir par erreur sur la chaise qui m'est réservée, comme cela se pratique trop souvent. Mais imagines-tu quelle souffrance, quelle tension, quelle… (je ne trouve pas le mot) m'habitent, lorsque par exemple, nous jouons à l'unisson, tous poumons dehors, l'ouverture de *Tannhäuser* ? Dans une symphonie de Mozart on peut s'arranger, il y a peu à faire, mais chez Wagner, dans la fournaise wagnérienne !… Je n'ai pas pu tenir. Que deviendrai-je ? Je ne sais rien faire d'autre que jouer de la trompette, et je hais le jazz. On annonce l'ouverture d'un poste à Grand Rapids, Michigan. Peut-être, après tout… Ce que c'est que de nous, n'est-ce pas ! Un seul être nous manque, et tout est dépeuplé ! Ô tempora, ô mores ! Adieu. »

Quand mon frère épuise ainsi le dictionnaire des citations, c'est que la situation est grave, et ses difficultés s'ajoutant aux miennes dans ma pensée, le tout chauffé par une fièvre qui ne lâche pas malgré les interventions que j'ai dites et beaucoup d'aspirines, la journée du lendemain s'annonce pénible. Sais-je encore ce que je suis venu faire ici, dans cette épouvantable forêt ? L'ai-je jamais su ? J'essaie de me remémorer la scène, au Centre, le Grand Patron disant :

— Ce n'est pas une mission difficile, vous en avez accompli de beaucoup plus redoutables, de beaucoup plus délicates, de beaucoup plus dangereuses — il aime les adjectifs accumulés, cela lui donne le temps de trouver les mots qui suivront —, même si, permettez-moi de vous le dire amicalement, mon cher collaborateur, j'ai cru remarquer, enfin plutôt nous avons cru remarquer que ces derniers temps, ces dernières semaines ou ces derniers mois, pour ne pas dire ces dernières années, que, bien qu'on n'ait rien de très précis à vous reprocher, non vraiment, votre zèle s'était comment dire un peu écourté, je ne sais pas si vous comprenez ce que je veux et ce que nous voulons dire, d'ailleurs ce n'est peut-être pas le terme tout à fait juste, ma foi, disons plutôt que certains moments d'inattention, de distraction ou peut-être même de contention — il aime aussi multiplier les substantifs, pour une raison analogue —, il faut réagir mon vieux, vous savez que nous comptons sur vous ici, cette mission, j'en suis sûr, nous sommes convaincus que vous la remplirez brillamment, comme aux temps les plus glorieux de votre carrière, allez, je ne vous retiens pas, mais attendez, encore une petite chose, le concert de l'Orchestre, hier...

Et ainsi de suite, pendant dix ou douze minutes. Il n'est jamais plus clair, plus explicite que ça. Il lui arrive, très rarement, de prononcer au cours de la conversation le nom du pays où il envoie un subordonné, mais c'est par inadvertance, et il s'en excuse aussitôt. Pour les détails, pour la *réalité*, c'est à elle qu'il faut s'adresser. Elle fournit tous les renseignements nécessaires, méthodiquement, implacablement. Les très vagues insinuations du Grand Patron deviennent, dans sa bouche, sa très belle bouche, des instructions précises. Elle a des ongles magnifiques, impeccablement vernis. Je note qu'elle a des ongles magnifiques. À la fin, elle me remet les documents, me souhaite bon voyage, et me sourit.

Je peine vraiment, dans cette forêt tropicale. Et quant à ma maladie, je fais sur elle des observations étonnantes. Il serait normal, il serait décent que la fièvre diminue ou s'aggrave; or, depuis quelques jours, elle est d'une stabilité absolue. Ne devrais-je pas aller jusqu'à dire que je m'habitue à elle et que d'une certaine façon, même, elle m'aide à survivre, et que sans elle je ne serais pas celui que je dois être en cette circonstance? Je peine, oui, j'arrive difficilement à suivre mes porteurs quand, de façon perverse, ils accélèrent un peu le pas, et je viens près d'être étranglé par des lianes que ma vue brouillée n'a pas aperçues à temps, je bute sur toutes sortes d'obstacles, mais il me semble que pour la première fois depuis le début de cette mission, je sais où je vais, je sais ce qui m'attend.

Il n'y a plus de villages, maintenant, et il n'y en aura plus. C'est la forêt, la forêt absolue, au-delà de toute habitation possible. Nous ne parlons plus, mon sorcier dayak et moi, sauf pour les nécessités les plus immédiates, les matérielles ; et les porteurs eux-mêmes sont devenus avares de ces sons gutturaux qui leur servent de langue, de sorte que l'air est presque exclusivement rempli des bruits inquiétants, lointains puis tout à coup très proches, qui sont comme le chant, non, plutôt le monologue intérieur de la forêt elle-même. Par la force des choses, parce qu'il n'y a plus de piste, de sentier, notre progression devient de jour en jour plus lente, mais nous savons, oui, nous savons très bien où nous allons, jamais une question n'est posée à ce propos, c'est comme si nous suivions les indications d'une carte extrêmement précise, ne permettant aucune erreur d'orientation. Tout est écrit ; il n'y a qu'à lire, à marcher. Mais ce qu'il peut faire chaud, misère, dans cette forêt, comme je sue, comme je suis fatigué…

Ils se sont arrêtés.

Ils se sont arrêtés, le sorcier, les porteurs, et ce n'est pas encore l'étape, ce n'est pas le soir. Ils se sont écartés de la piste à peine perceptible qu'ils avaient dégagée à coups de machette et me regardent avec une intensité singulière, comme si je devais prendre une décision capitale — mais non, ce n'est pas possible, comment pourrais-je, dans l'état où je suis —, comme si je devais avancer seul dans ce fouillis de branches, de feuilles, de lianes, d'herbes traîtresses. Pendant un long moment je reste immobile, moi aussi, et je ne sais pas ce qui tout à coup me force à reprendre la marche. Est-ce la faible lumière que je crois voir là-bas, une lumière telle que je n'en ai pas vu depuis des jours, emprisonné dans les ténèbres de la forêt ? Je longe la double haie formée par les porteurs, je marche durant quelques minutes encore, seul, absolument seul, et voici que je débouche sur une grande clairière ronde, inondée, aveuglée de soleil, comme je n'aurais jamais imaginé qu'il puisse s'en trouver dans ce coin de pays. Mes yeux s'habituent difficilement à la trop violente lumière. Quand je réussis à les ouvrir tout à fait, je vois, au centre, tout à fait au centre, une statue, ni très grande ni très petite, de dimension humaine à peu près, qui semble m'attendre là depuis combien d'années, de siècles ? Je m'approche lentement, pas à pas. Je sens sur ma tête le poids insupportable d'un ciel bleu, trop bleu, presque blanc. Je n'aperçois encore que la forme générale de la statue, je ne vois pas clairement les traits du visage, mais je sais qui elle est, oui, j'en suis absolument sûr, ce ne peut être qu'elle ! Et à mesure que je m'approche, une colère monte en moi, je suis porté par une colère sans bornes, un ouragan de colère, et je le dis, je le dis : une haine, qui ne rend pas mes gestes désordonnés mais au contraire mesurés, précis, disciplinés. Ma fièvre est tombée, je ne suis plus malade, je suis terriblement, horriblement en santé. À quelques pas de la statue, je m'arrête. Elle est plus grande que je n'avais prévu, elle me dépasse de la tête et plus encore. La voici, l'idole. Me regarde-t-elle, ou son regard porte-t-il très loin derrière moi, dans l'infini, comme il convient au regard des idoles ? Regarde-moi, idole ! Je te regarde, moi, je t'examine, je te déshabille ! Ne compte pas sur mon respect, ne compte pas sur ma déférence. Je vois tes grands yeux bridés d'imbécile, ton immense bouche sensuelle, aux lèvres comme des rives épaisses le long d'un fleuve, tes joues ridiculement rebondies, et qu'est-ce que ce crin jaune qui pousse sur ton menton de pierre, tu as l'air d'une grand-mère de l'ancien temps qui ne s'est pas bien rasée, non mais! On a aimé ça, on a été impressionné, fasciné par ça! Je t'ai assez rêvée, idole. Tu vas goûter à ma réalité.

J'ai une pioche dans la main, ça peut toujours servir. Et alors je frappe, je cogne, je bûche. Je suis affaibli par mes quelques journées de fièvre, mais j'y vais quand même avec assez d'énergie pour arracher ici et là quelques morceaux de cette chair, de cette pierre friable. Je suis, après quelques minutes de travail, assez content du résultat. Les traits les plus distinctifs ont disparu et ses amis eux-mêmes, ses relations de longue date même auraient de la difficulté à reconnaître la dame. Mais il reste toujours quelque chose, n'est-ce pas, si fort que l'on travaille... Je m'acharne, je sue à grande eau sous le soleil tropical. Je tape comme un sourd, n'importe où, n'importe comment, et si l'on m'observe là-bas, du pourtour de la clairière, on a quelque raison de trouver l'opération un peu étonnante. Il y a toujours quelque chose qui résiste, qui ne veut pas disparaître. Vous me dites que la statue n'a plus forme humaine, que je l'ai réduite à n'être qu'une pierre informe, un menhir, un gros caillou? Mais ce caillou me résiste, misère, plus que jamais il me résiste, et m'enchaîne et me tue. Et le pire, voyez-vous, c'est que je l'entends, oui, je l'entends, il y a une voix qui sort de ce morceau de pierre, et ce qu'elle chante, mon dieu, je ne sais pas ce que c'est, je ne sais pas d'abord ce que c'est, mais peu à peu je reconnais l'air puis les paroles, c'est de Hugo Wolf, maintenant j'en suis sûr, pourquoi Hugo Wolf, je n'aime pas Hugo Wolf, Élisabeth Schwartzkopf autrefois, un très vieux disque, je m'en suis débarrassé, des bruits de surface, mais la voix ne s'en va pas, elle s'amplifie plutôt, elle prend du volume, de l'assurance, elle se répand sur toute la clairière et moi, avec ma pioche, mon marteau, mon piolet, de quoi j'ai l'air, hein, de quoi j'ai l'air ?

II

Elle me regardait, de ses yeux de raton laveur déme-
surément agrandis par le maquillage, ou était-ce la surprise,
ou peut-être encore l'effet de quelque drogue, et je ne savais
que penser, comment réagir. J'ai peur des yeux. Il m'est
arrivé de me noyer dans certains yeux de femmes, trop
grands, trop doux, trop purs. Je voyais aussi le petit revolver
à crosse de nacre qu'elle tenait pointé sur moi, à la hauteur
de la poitrine. Tout dans sa personne, y compris le revolver,
disait l'habitude des voyages, des intrigues, des jeux risqués,
de la séduction trompeuse. Elle avait un charme un peu
terrible.

La scène se passait à Grand Rapids, Michigan, où mon
frère avait finalement obtenu le poste de deuxième trompette à l'Orchestre municipal. Deuxième trompette, oui, je
dis bien ; il ne voulait plus entendre parler de la première,
de ses responsabilités, de sa gloire surfaite. On ne va pas à
Grand Rapids, Michigan, pour trouver la gloire. On y va
pour se reposer, pour s'enterrer ; on y va pour devenir,
essentiellement et sans espoir de retour, deuxième trompette. J'avais trouvé à mon frère, en arrivant, bien meilleure
mine qu'auparavant. Il avait aminci ; il faisait du jogging
tous les matins, poursuivi par quelques chiens devenus peu

à peu amicaux; il entretenait avec les musiciens de l'orchestre, hommes et femmes, des relations d'infériorité qui comblaient en lui un vieux désir de soumission. Il était satisfait, profondément satisfait de jouer à l'octave d'en bas. Et moi? De Bornéo à la ville du Michigan, des Dayaks aux Américains bien tranquilles, le chemin est long, tortueux, difficile à décrire. Il fallait, en tout état de cause, que je passe par Rio de Janeiro. Quand je sors d'une mission difficile — et dieu sait si celle-là l'avait été! —, j'aime aller m'entretenir avec un de mes plus vieux amis, le très cher Georges Papineau, et il se trouvait qu'il était, à ce moment-là, ambassadeur à Rio. Georges Papineau n'est pas seulement un ami; il est également mon protecteur, et à plus d'une reprise il m'a tiré de mauvais pas où d'autres fonctionnaires, moins favorisés, auraient peut-être laissé leur peau. Il a choisi la profession diplomatique comme un masque. Chaque matin, à partir de cinq heures, il est à sa table d'écriture, où il crée sans relâche des pièces de théâtre, des poèmes, des commentaires rabbiniques, à la manière d'un de ses illustres prédécesseurs français; le reste de la journée, c'est-à-dire de neuf à cinq et jusqu'à bien plus tard si l'on tient compte des innombrables cocktails que doit affronter un diplomate, il s'occupe des affaires de l'État. Personne, sauf moi, ne sait qu'il écrit. Je suis son seul public. À vrai dire, je n'ai jamais lu aucune de ses œuvres, mais je sais par exemple qu'il a recommencé trois fois le premier acte d'une de ses pièces, que dans ses derniers poèmes il a fait retour à l'alexandrin, pour des raisons qu'il ne m'a pas encore expliquées, que le thème de l'amour est à jamais banni de toute son œuvre, quelque zèle qu'il ait mis à le pratiquer dans son existence concrète, et peut-être même à cause de ce zèle, puisqu'il entend établir entre la vie et l'écriture une cloison aussi étanche que possible. Il est pour moi l'écrivain parfait, celui dont la foi dans la littérature ne s'embarrasse d'aucune confirmation extérieure. Le complément du verbe écrire lui est complètement étranger. Il n'écrit pas des choses, des livres, des histoires. Il écrit.

Quand j'arrivai à l'ambassade, deux jours après l'avoir prévenu de ma visite et en avoir brièvement indiqué la nécessité, je le trouvai plus songeur que d'habitude. Ce grand front brillant d'intelligence qui attirait sur lui l'attention générale, même dans les conférences internationales les plus encombrées, était traversé de plis profonds qui annonçaient des préoccupations d'ordre nouveau. Mes mésaventures, mes frasques auraient-elles commencé à l'inquiéter sérieusement ? Je m'aperçus bientôt qu'il pensait à tout autre chose qu'à ma modeste personne. Après quelques hésitations, il me confia que, depuis quelques semaines, il était torturé par l'idée de livrer quelques-uns de ses écrits à la publication. Il voulait me demander de…

— Non, m'écriai-je, non ! vous ne savez pas ce que vous me demandez ! Ou plutôt si, vous le savez ! Vous n'oserez pas !…

J'avais déjà perdu, à ce jeu, quelques-uns de mes meilleurs amis.

Il y avait quelques feuillets de lui, sur le bureau, recouverts de sa belle écriture régulière, et il les regardait avec cette sorte de tendresse nauséabonde que je connaissais bien, pour l'avoir observée cent fois dans des circonstances diverses. Il sourit un peu tristement et les poussa vers moi. Cela me fit l'effet d'un chantage, et peut-être en était-ce un, en effet : ça, ou… Il y a des écrivains qui sont prêts à tout.

Malgré ma répugnance, je pris les feuillets et sortis aussitôt de la superbe résidence de l'ambassadeur, dans la banlieue de Rio, avec sa grande piscine devant, la chapelle d'époque sur la gauche, les allées de palmiers, les gardes armés bien en vue pour décourager les velléités de terrorisme, et me laissai conduire à mon hôtel suisse, à Copacabana. Puis, un peu réconforté par un bain très chaud et quelques cognacs, je me mis à lire.

Le récit — car c'est un récit — commençait abruptement, comme certaines œuvres pour piano de Schumann où tout à coup l'on est introduit dans un mouvement qui semble déjà commencé, né sans nous, dans quelque mystérieux auparavant. « L'originalité la plus marquante de cet édifice est de comporter, en son centre, une grande pièce ronde, d'où partent les couloirs qui conduisent aux bureaux. C'est beaucoup d'espace perdu ; et on a suggéré avec insistance d'y déposer quelques pupitres, des classeurs, des secrétaires, des auxiliaires, séparés les uns des autres par des cloisons à mi-hauteur comme on en voit tant aujourd'hui. Il est difficile d'imaginer pourquoi la direction a résisté à ces plans tout à fait rationnels, et qui auraient permis d'éviter tant de désagréments, peut-être même des tragédies. D'aucuns ont avancé que c'était à cause du tapis bleu. Cette grande pièce ronde est en effet… »

Vous imaginez ma stupeur. N'avais-je pas écrit ce texte moi-même, quelque temps auparavant ? Et si je l'avais écrit, si je l'avais tiré de mon propre fonds, comment… ? D'autre part, se pourrait-il que je ne l'aie pas vraiment écrit, et que… ? Mes neurones s'agitaient de façon dérisoire. Je sautai quelques lignes et voici, elle y était, *elle-même* y était ! « Elle est seule, dans cet immense espace, cet espace bleu, près du bureau du directeur. On ne risque pas de la prendre pour la réceptionniste ; cette dernière se trouve… » Et encore : « Il n'y a qu'elle, là-bas puis de plus en plus près, beaucoup trop près, et même si elle ne me voit pas encore, en réalité elle ne me voit jamais, je sens peser sur moi… » Affolé, étourdi, je tardais à m'apercevoir que, petit à petit, le texte divergeait de l'*original,* dérivait dans des eaux nouvelles : « … je sens peser sur moi une très grande puissance d'attraction, une menace peut-être, oui sans doute, et je sens que je ne pourrais exister vraiment, commencer vraiment à exister que si elle disparaissait de mon horizon, si elle était morte, morte, morte !!! depuis toujours… » J'étais dans un état de confusion impossible à décrire. Ô ténèbres trop claires ! ô intrigues mal tissées ! ô regard de l'autre trop perçant ! ô vices mal cachés ! ô honte mal évitée ! Ce soir-là, je ne lus pas plus avant. Je ne dormis pas non plus ; je regardai tous les vieux films, américains, français, allemands, tchèques, russes, que transmettait la télévision brésilienne. Je revis même un film québécois de la grande époque, 1948 ou 1952 je ne sais plus. C'est que je me cherchais une histoire, voyez-vous, n'importe quoi ferait l'affaire en ce moment de crise extrême, je me cherchais une peau pour remplacer celle que Georges Papineau venait de m'arracher en se faisant l'auteur de mon récit. Je n'étais pas nu, j'étais dépiauté, les viscères exposés à tout venant. Très désagréable. Il me fallait une histoire, oui, de toute urgence, ou encore, à défaut, un trou — Grand Rapids, par exemple — pour abriter mon désarroi, mon incohérence, mon absence. Pour me protéger aussi, bien entendu, contre un grand nombre de menaces qui, pour être obscures, n'en étaient pas moins, de toute évidence, redoutables.

Cependant, je n'arrivais pas à établir de lien précis entre ces menaces et la magnifique jeune femme qui, depuis quelques moments déjà, me tenait en joue, avec cette fausse apparence de calme qui n'appartient qu'aux vrais professionnels. Nous n'avions encore échangé que très peu de mots depuis que je lui avais ouvert la porte, ce samedi de la fin de septembre où l'air découpait les choses avec une netteté de fin (ou de commencement) du monde.

— Vous désirez ?

Sans me répondre, elle entra, ferma la porte et me dit d'une voix basse mais extrêmement assurée :

— Asseyez-vous là, je vous en prie.

Et comme, naturellement, j'hésitais un peu, elle ajouta :

— Là.

Elle désigna un fauteuil assez éloigné du téléphone, et qu'on ne pouvait apercevoir de l'extérieur de la maison. Si elle n'avait pas sorti un revolver de son sac, j'aurais sans doute discuté un peu. Je ne suis pas plus chien couchant qu'un autre. Mais j'allai m'asseoir dans le fauteuil indiqué, et j'attendis qu'elle veuille bien poursuivre la conversation. Ce n'était pas pour tout de suite. Sans me quitter des yeux et, pour ainsi dire, du revolver, elle fit lentement le tour du living-room, examinant chaque meuble, chaque objet, comme s'il devait lui faire des révélations extrêmement importantes. Elle contempla longuement la photo de mon frère, accompagné de sa chère trompette, et son regard alla plusieurs fois de la photo à moi et vice versa, comme si elle cherchait à vérifier une ressemblance qui pourtant se révélait au premier coup d'œil. Par la porte ouverte, elle examina ma chambre, dont le plancher était entièrement couvert d'un tapis bleu qui m'avait coûté la plus grande partie de mes économies. Elle marchait avec une lenteur étudiée d'un objet à l'autre, et de plus en plus l'étonnement, chez moi, cédait à la curiosité, peut-être même à un intérêt assez profond.

— Ne bougez pas!

Sa voix me cingla. Je n'avais presque pas bougé pourtant. Je m'étais seulement un peu retourné parce qu'elle se trouvait derrière moi et que j'étais fasciné par sa démarche. Elle ouvrit un à un les tiroirs du petit bureau qui se trouve dans le coin nord-est du living et en tira des objets divers, des trombones, de vieilles pipes, des chéquiers, des factures désuètes, toute une existence en somme. J'eus peur soudain, très peur. Saurait-elle découvrir les quelques feuilles noircies d'une écriture échevelée que j'avais dissimulées dans le double fond, ces feuilles que pour rien au monde je n'aurais voulu livrer à un regard étranger, si bienveillant fût-il? Comme si elle avait compris mon angoisse, elle se retourna brusquement vers moi, un sourire légèrement ironique aux lèvres, et de la main qui ne tenait pas le revolver, referma le tiroir d'un coup sec.

J'allais savoir, maintenant. Il fallait que je sache. Je ne pouvais supporter plus longtemps de rester dans l'ignorance.

(La faute, sans doute, c'est que je me suis retiré. C'est la faute impardonnable, dans une organisation comme la nôtre. Depuis que je suis ici, à Grand Rapids, je vis en état d'innocence usurpée. Grand Rapids n'est pas une très grande ville ; elle n'est pas, non plus, petite. Avec ses deux cent mille habitants, elle fait la moyenne entre Sherbrooke et Québec. C'est dire qu'elle est extrêmement moyenne, ordinaire, confortable. On ne se fait pas d'idées, à Grand Rapids. Je me lève assez tôt, un peu trop tôt à vrai dire car j'aimerais parfois m'offrir le luxe d'une grasse matinée, mais je fais contre mauvaise fortune bon cœur, et j'endosse mon survêtement de jogging. Nous sommes plusieurs, à cette heure-là, à courir dans les rues calmes de la banlieue. Nous nous connaissons bien, depuis le temps, mais nous n'avons pas assez d'énergie en réserve pour aller au-delà du signe de tête. Il y a celui qui a l'air de risquer la mort à chaque enjambée, mais dont nous savons qu'il nous enterrera tous ; il y a celui qui court à peine, qui donne une apparence frauduleuse de course à ce qui n'est qu'une marche un peu précipitée ; il y a celui, plus gros que la moyenne, qui a repéré à l'avance tous les arbres auxquels il pourra s'appuyer ; il y a… Et un raton laveur, oui, je le jure, ce n'est pas une expression poétique, un authentique et très gros raton laveur qui fait tous les matins quelques poubelles et nous regarde passer, nous les joggers, nous les humains, nous les essoufflés, avec toujours le même regard étonné.

Je reviens avec le journal du matin, le *Grand Rapids Examiner*. C'est extraordinaire, c'est follement intéressant, un journal, quand on a décidé de ne plus participer aux événements qu'il raconte. J'ai lu, l'autre jour, un bref article en provenance du Canada — tout ce qui vient du Canada est bref, sauf exception rarissime —, où il était question des agissements un peu bizarres d'un citoyen canadien dans les forêts de Bornéo. Quelques questions avaient été posées, au Parlement. Le ministre avait nié, comme toujours. J'aurais voulu que le journal en dise un peu plus, car je n'étais pas du tout sûr, moi, de savoir ce qui s'était réellement passé. Les jours suivants, rien, sauf que le gouvernement canadien avait versé une forte indemnité à un pays étranger pour la destruction d'une statue dont l'authenticité, l'ancienneté était d'ailleurs contestée par quelques experts. Cela s'était fait très rapidement, en catimini, comme si l'on voulait cacher quelque chose de peu joli. Il y avait une photo du directeur de l'Organisation, avec ce regard dur, rusé, qu'il se composait toujours devant les journalistes. J'ai tourné la page. J'ai appris avec plaisir, à la section sportive, que grâce à la perestroïka l'équipe de hockey de Grand Rapids avait pu se procurer un joueur de défense russe dont elle avait le plus urgent besoin.

L'autre jour, je suis entré dans une église. J'avais longuement marché dans les rues de la ville ; j'étais fatigué, et il ne se trouvait aucun restaurant ouvert, dans les environs, où j'aurais pu m'offrir un méchant café. J'avais oublié que c'était dimanche. La grand-messe battait son plein. C'était une église irlandaise, avec ce que cela veut dire de mauvais goût, de statues bariolées dans tous les coins, de lampions à gogo, et un service d'ordre en uniforme brun et jaune qui ne rigolait pas. On m'a aussitôt repéré. Deux gendarmes de la foi se sont dirigés au pas militaire vers moi, m'ont encadré et entraîné vers une des rares places libres qui se trouvaient, forcément, à l'avant de l'église. J'étais fait. En un rien de temps, j'étais devenu membre à part entière de cette communauté paroissiale compacte, admirablement discipliné, vouée du même souffle à l'Église catholique, à l'Irlande et au succès, et qui dans quelques secondes, puisque le célébrant se trouvait déjà dans la chaire, entendrait avec flegme le récit de quelque miracle évangélique qui irait rejoindre dans son subconscient des calculs beaucoup plus matériels. On s'était tassé pour me faire une petite place ; et, après quelques coups d'œil curieux, car mon accoutrement ne correspondait guère à celui d'un paroissien irlandais endimanché, on m'avait abandonné à ce qu'on supposait être une piété légèrement hérétique. Je savais que je ne pourrais pas m'extraire de là avant la fin de la cérémonie, sauf à provoquer un scandale dont je n'avais que faire. Le plus simple et le plus efficace était de m'absenter en esprit. Je n'ai aucun souvenir de l'Évangile de ce dimanche. J'ai tout oublié, aussi bien, des considérations exégétiques assez simples qui l'ont suivi. Mais un certain accent, tout à coup, une certaine cadence… « Ainsi toujours vivants et toujours mourants, déclamait le prédicateur d'une voix qui s'enflait progressivement, immortels pour leurs peines, ils gémiront sur des lits de flammes, outrés de furieuses et irrémédiables douleurs. Et poussant parmi des blasphèmes exécrables mille plaintes désespérées, ils porteront à jamais le poids infini de tous les sacrements profanés, de toutes les grâces rejetées ; non moins pressés, non moins accablés des miséricordes de Dieu, que de l'excès intolérable de sa vengeance... » Autour de moi, on somnolait. Deux garçons échangeaient des cartes de joueurs de baseball. Une très vieille paroissienne égrenait son chapelet, opposant un barrage de « Notre Père » et de « Je vous salue Marie » au discours sulfureux du prédicateur. Une impression d'irréalité se dégageait du tableau, de la tranquillité résignée des fidèles — mais on approchait des dix minutes, et ce genre de sermon ne devait pas dépasser le quart d'heure — et de ce langage si parfait, si parfaitement convenu, si ordonné dans sa fureur même, qui déroulait ses périodes sans craindre la contradiction.

Mais moi, j'écoutais, j'entendais. Le vieux sermon ne remuait pas seulement en moi la sale éducation d'enfance, le souvenir des terreurs infantiles, mais quelque chose de plus récent, si je puis dire, et même de terriblement actuel. « Tremblez donc, tremblez, chrétiens, poursuivait la voix tonnante, parmi ces grâces immenses, parmi ces bienfaits infinis qui vous environnent. Il n'y a rien à négliger dans notre vie. Notre destinée, notre état, notre vocation ne souffrent rien de médiocre, tout nous sert ou nous nuit infiniment. » Je me recroqueville sur mon banc, je me réduis, deviens invisible à ceux qui m'entourent et je tremble en effet, je voudrais trembler encore plus, n'être plus que l'épouvante infinie qu'on proclame là d'un ton si égal, si sûr. La Parole m'a enfin rejoint, à Grand Rapids, Michigan. Je croyais parfois en percevoir le murmure au cours de mes voyages en Patagonie, en Belgique, au Qatar, mais il fallait ce vide, il fallait cette insignifiance, cette banalité provinciale pour qu'elle se fasse entendre distinctement, avec toutes ses harmoniques, dans sa forme enfin parfaite. Écrasé, invisible, nu, sur le banc de cette église irlandaise de Grand Rapids, je subis ma condamnation entière, sans rémission. Je ne savais pas qu'elle pouvait apporter une telle consolation, une telle volupté. Pour un peu, si je ne craignais de perdre contenance en une circonstance aussi solennelle, je laisserais tomber quelques larmes de soulagement. Il y a donc une Justice ! Les fautes ne demeurent pas impunies ! La Vérité n'est pas un vain mot ! Je tremble, comme m'y invite le prédicateur, non pas de peur ou de repentir mais d'une sorte de joie. Le voile est enfin déchiré. Mais attention, tout n'est pas dit, l'essentiel reste à venir. J'écoute, j'écoute encore. « L'amour rebuté, l'amour dédaigné, l'amour outragé par le plus injurieux mépris, l'amour épuisé par l'excès de son abondance fait tarir la source des grâces et ouvre celle des vengeances. Rien de plus furieux qu'un amour méprisé et outragé… » Il sait tout, le vieux curé, il a tout appris par cœur, rien ne lui échappe. Il sait pourquoi je suis allé à Bornéo, ce que j'y ai fait, pourquoi et comment j'en suis revenu, ce que je fais ici, à Grand Rapids, Michigan, et que je ne sais même pas que je fais, pourquoi je n'ai pas cessé de courir, fuyant quelle chère image. Qu'il continue donc à parler, qu'il ne cesse plus jamais ; le son de sa voix, le rythme monotone de ses phrases m'enveloppent dans une certitude extrêmement confortable. Je ne me demande pas comment tout cela finira. C'est déjà fini. La conclusion est tirée.

Je l'ai pensé, oui, j'ai pensé que la condamnation même pouvait être une vacance, jusqu'au moment où je me suis aperçu, comme sortant d'un long sommeil, qu'à la fin du sermon je ne m'étais pas levé comme les autres, et qu'un préposé à la quête dominicale me regardait d'un air excédé, attendant que je verse dans la sébile les quelques dollars obligatoires. Je n'avais dans ma poche qu'un billet de vingt ; ce n'est pas par générosité que je m'en suis débarrassé. À l'arrière, l'orgue s'ébranlait. Puis une voix féminine entonnait le *Panis angelicus* de Franck, un huitième de ton trop bas. J'étais éveillé, définitivement éveillé. Je ne sais comment j'ai réussi à m'extraire de mon banc, puis de l'église. Mais je sais que quelques orteils irlandais en ont souffert.)

Elle me vise le sexe, ma parole ! Ce n'était pas tout à fait ça. Elle était seulement un peu fatiguée, et son bras avait baissé de quelques centimètres. Cette petite faiblesse l'avait rendue plus humaine. Quelques rides étaient apparues, ici et là. Sa coiffure était devenue moins parfaite. Elle aperçut dans mon regard quelque chose qui ne lui plaisait pas, et rectifia aussitôt le tir.

Depuis combien de temps se trouvait-elle dans la maison ? Deux, trois heures ? J'avais de la difficulté à m'en rendre compte, tant la stupeur provoquée par cette intrusion était encore profonde. Mais je commençais à me poser des questions.

— Puis-je vous demander… ?

Elle me coupa sèchement.

— Non, vous ne pouvez rien me demander. Si quelqu'un doit poser des questions, ici, c'est moi.

Le silence retomba, plus lourd qu'auparavant. J'entendais, à l'extérieur, le bruit des rares voitures qui roulaient dans ce quartier de banlieue. Le ronronnement du réfrigérateur, quand il commençait, faisait l'effet d'un coup de tonnerre. À vrai dire, je craignais, à chaque petit bruit, de voir ce satané revolver cracher son venin. Combien de temps pourrions-nous rester ainsi l'un en face de l'autre sans qu'un événement, vraisemblablement désastreux, se produise ?

Elle prononça tout à coup ces mots étonnants :

— Je prendrais bien un whisky, moi.

Comme je me levais pour lui en servir un, trop soulagé d'avoir enfin la permission de faire quelque chose, elle m'interrompit :

— Non, vous restez là. Vous seriez du genre à faire des bêtises, j'ai entendu parler de vous. Je me servirai moi-même. Dites-moi seulement où c'est. Et n'oubliez pas que…

Elle fit un geste éloquent du revolver, puis se dirigea vers le bahut que je lui avais indiqué. Elle se versa un verre, lentement, en ne me quittant pas des yeux — qu'elle avait fort beaux, d'un vert étrange, je m'en souviens maintenant. Quand elle eut fini, elle dit :

— Vous ?

Je me contentai d'acquiescer d'un signe de tête. Elle remplit un deuxième verre jusqu'au bord, et revint à son fauteuil avec tout cela — les verres, le revolver — en équilibre instable, mais en se tenant assez loin de moi pour que je n'aie pas la tentation de faire un geste déplorable. S'étant assise, elle lampa une première gorgée, puis eut un long soupir.

— Pas mauvais. Le whisky d'un grand voyageur, d'un connaisseur…

Elle ironisait un peu, me semblait-il. Que savait-elle de moi ? Peu de chose, pensais-je ; ou tout. Et je ne connaissais toujours rien d'elle, de ses motifs. Maintenant, elle buvait avec lenteur, savourant chaque gorgée. Parfois elle me regardait, parfois elle ne me regardait pas. Mais même lorsqu'elle me regardait, j'avais l'impression qu'elle avait cessé d'être là, qu'elle s'était absentée profondément dans sa mémoire ou dans quelque autre forme de pensée. Elle fredonna un air que je ne reconnus pas d'abord, tant les circonstances lui convenaient peu. Puis la lumière se fit ; c'était « *Ah ! mio cor ! schernito sei !* » Joan Sutherland, les Dayaks, le village perdu dans la forêt de Bornéo… Ce ne pouvait pas être un hasard ! Mais à ma surprise, à mon émotion, je refusai de donner cours ; j'ignorais trop de choses encore, je ne voulais pas tomber dans le premier piège venu.

Elle se leva, fit quelques pas comme pour se dégourdir les jambes. Elle paraissait tendue, agitée, incapable de tenir en place. N'oublions pas qu'elle tenait un verre dans la main gauche et un revolver dans la droite, ce qui ne rend pas les mouvements faciles et gracieux. Puis, comme si elle prenait une décision depuis trop longtemps retardée, elle revint s'asseoir devant moi et déposa le revolver sur la table à café, en me regardant droit dans les yeux. Je n'oserais pas, non. Ce serait trop dangereux. Et, au surplus, il me semblait qu'en m'emparant de l'arme après lui avoir, par exemple, jeté au visage le contenu de mon verre, comme cela se fait au cinéma, j'aurais rompu un pacte implicite qui excluait les violences physiques trop spectaculaires. Elle baissa la tête et commença à parler, d'une voix monocorde, comme absente.

— Je suis née à Saint-Lin, d'une famille parfaitement honorable mais un peu trop nombreuse. J'étais la septième, et j'ai su en arrivant dans ce monde que je risquais d'être de trop. Aussi bien, dès que j'ai été en âge de travailler, vers quinze ou seize ans, ai-je trouvé à m'employer au seul restaurant du village, ouvert vingt-quatre heures par jour, pour soulager la dette familiale. Je n'étais pas laide, et il m'arrivait de chanter à la cuisine, parmi les odeurs de friture, quand j'avais le cœur un peu gros. C'est là qu'il m'a découverte.

— À la cuisine même? demandai-je avec esprit.

Elle me jeta un regard de mépris et continua de soliloquer comme si je n'avais rien dit.

— Comment il avait échoué au restaurant de Saint-Lin, lui l'habitué des capitales et des grands hôtels, je ne l'ai jamais su. Mais après m'avoir entendue chanter quelques mesures de *Mon pays ce n'est pas un pays c'est l'hiver,* il a voulu me payer un café et engager la conversation. J'hésitais. On n'est jamais trop prudente dans ce métier, surtout quand sonnent les douze coups de minuit. Je craignais quelque malentendu. Dire que j'aurais pu, par timidité…

Elle eut un air très rêveur, pendant quelques secondes, puis elle secoua la tête et continua.

— J'ai étudié, d'abord, comme j'ai étudié! Avec la réputée Janine Reiss, puis Ileana Cotrubas, et Galina Vishnevskaya qui n'avait pas bon caractère. Parfois, le soir, après une épuisante journée d'exercices, il m'arrivait de regretter la vie tranquille de Saint-Lin, le recueillement du restaurant le matin, vers six heures trente, mes racines québécoises, les farces épaisses des gars, les odeurs de friture, enfin tout ça, mais ça ne durait jamais très longtemps. J'avais eu raison dans tous mes dédains : puisque je m'étais évadée ! Quelques années plus tard, j'étais prête.

Pour la première fois, je vis s'allumer dans son regard cette étrange lueur...

— J'ai débuté, comme c'est l'usage, dans de tout petits rôles. Martha Schwerlein, dans le *Faust* de Gounod ; Crobyle, dans *Thaïs* de Massenet ; Chloé dans *La dame de pique* de Tchaïkovski ; Azema dans *Sémiramide* de Rossini ; Anna dans *Nabucco* de Verdi ; Annina dans *Der Rosenkavalier* de Richard Strauss...

J'allais crier : assez !, mais elle s'interrompit d'elle-même. Elle prit un air modeste.

— Je ne vous donnerai pas la liste des grands rôles que par la suite j'ai eu l'occasion de chanter, aux applaudissements de publics de plus en plus nombreux et enthousiastes. Il me suffira de vous nommer les scènes sur lesquelles, pendant les années suivantes, je me suis produite : Wiener Staatsoper (Vienne), Bayerisch Staatsoper Nationaltheatre (Munich), Théâtre national de l'Opéra de Paris (Paris), La Scala (Milan), Metropolitan Opera (New York), Gran teatro del Liceo (Barcelone), Greater Miami Opera (Miami)...

Cette fois, je ne pus me retenir.

— Assez, assez !

Elle parut étonnée.

— Ça ne vous intéresse pas ?

— Ce n'est pas que je ne sois pas intéressé, non, vous

avez fait une très belle carrière et je vous félicite, mais avouez que…

Elle sembla s'apercevoir de la présence du revolver sur la table à café. Elle le reprit, le tourna plusieurs fois dans ses mains. Elle le pointa sur moi. Je retenais mon souffle.

— Il est joli, n'est-ce pas ? Je l'ai payé très cher, dans une ville italienne où j'avais besoin de me défendre. Il avait appartenu à la femme d'un grand mafioso.

Elle eut un petit rire.

— Il est possible, après tout, qu'il ne soit pas chargé…

L'annonce était si peu attendue, j'étais si abruptement soulagé que je sentis mes viscères se relâcher. Je me levai d'un bond.

— Pas si vite !

Elle pointait l'arme vers mon front.

— J'émets l'hypothèse qu'il pourrait ne pas être chargé. Ce n'est qu'une hypothèse. À votre place, je ne me sentirais pas trop rassuré…

De toute manière, je ne pouvais plus différer, quitte à risquer ma vie. Je courus aux W.-C. J'entendis, derrière moi, un second petit rire. Ces quelques minutes de solitude, dans la pièce familière, me firent l'effet d'une oasis dans un désert sans fin. Mais je ne songeai pas à m'évader.

Au retour, quelques minutes plus tard, quand je m'encadrai dans la porte du salon, j'entendis une détonation, et une balle, une vraie balle, vint fracasser une lampe à quelques centimètres de l'endroit où se trouvait ma tête.

— Petit avertissement. Retour à la réalité. Nécessités de la vie. On ne part pas. Case départ, *once again*.

Elle récitait cela comme une leçon apprise, sans que je puisse savoir si elle le pensait vraiment, ou non. Je retournai prudemment m'asseoir dans le fauteuil que j'avais quitté si précipitamment quelques minutes plus tôt. Une période de silence suivit, plus lourde que les précédentes, remplie de tout ce qui s'était dit, de tout ce qui s'était fait depuis l'arrivée de la belle espionne. Quand elle recommença à parler, ce fut comme si elle sortait d'un rêve.

— C'est quand j'ai chanté pour la troisième fois le rôle de la Marschallin, dans *Rosenkavalier,* que je... J'avais monté en grade, vous l'avez noté. D'Annina à Sophie la petite oie, puis de la petite oie à la grande Marschallin, il y a du chemin, beaucoup de chemin, une montée vers les sommets de l'opéra. Mais de ces sommets on voit l'autre pente, la descendante, et il arrive qu'on prenne peur...

Elle but une nouvelle gorgée de whisky, et commença à chantonner.

— *Wie man nichts halten soll, wie man nichts packen kann, wie alles zerläuft swischen den fingern, wie alles sich auflöst, wonach wir greifen, alles zergeht wie Dunst und Traum...*

Je n'entendais pas l'allemand mais je connaissais l'opéra par cœur, l'ayant vu plusieurs fois dans des villes différentes, et avec les plus grandes, Élisabeth Schwartzkopf, Régine Crespin. Je traduisais intérieurement : « Comme nous ne pouvons rien tenir, comme nous ne pouvons rien embrasser, comme tout glisse entre nos doigts, tout ce dont nous voulons nous emparer se dissout, tout se dissipe comme un brouillard ou un rêve... » Elle chantait très bien, même si je n'avais jamais vu son nom — mais quel était-il, son nom ? — sur la marquise d'une grande maison d'opéra, et il était étrange, troublant, d'entendre ces mots, cette musique dans un banal salon de Grand Rapids, Michigan, sans les étoffes somptueuses de l'orchestre straussien qu'on ne pouvait imaginer que dans le lointain, comme dans un brouillard ou dans un rêve…

— *Leicht muss man sein, mit leichtem herz und leichten Händen halten und nehmen, halten und lassen… Die nicht so sind, die straft das Leben, und Gott, — und Gott erbarmt sich ihrer nicht…*

Je traduisais : « Il faut être léger, avoir le cœur léger et la main légère, pour tenir et prendre, tenir et laisser aller… La vie punit ceux qui ne sont pas légers, et Dieu n'a pas pitié d'eux… »

La voix se brisa sur les derniers mots, comme il convient, et je dus me rendre à l'évidence qu'elle pleurait. Il est extrêmement difficile de savoir ce qu'il faut faire quand une femme pleure. Prendre sa tête sur mon épaule, la bercer un peu, il n'en était pas question dans les circonstances, et qu'aurais-je fait du revolver peut-être encore chargé ? Je me levai pour aller chercher dans ma chambre un mouchoir propre. Mais j'aurais dû le prévoir : il suffisait que je fasse mine de me lever pour que cette femme redevienne la panthère, la menace qu'elle était à son arrivée.

— Assis !

Le mot n'était pas aimable : me traiter comme un chien… J'étais un peu offusqué. Je croyais que nos rapports s'étaient améliorés depuis quelque temps, notamment sous l'effet de la musique, et je constatais qu'il n'en était rien, absolument rien. N'était-il pas temps de me mettre en colère, de jouer de mes ruses à moi, de m'imposer enfin ? Cette femme, décidément, abusait de la situation. Elle jouait sur trop de tableaux à la fois.

L'instant d'après, elle reprenait le ton de la confidence,

comme si aucune interruption n'avait eu lieu. Étrange personne...

— C'est à ce moment que j'ai décidé d'accepter les offres de l'Organisation, des Services, enfin vous savez...

Savais-je ?

— Ils m'avaient contactée déjà à quelques reprises, à Bari, à Lyon, à Belgrade, à Rio de Janeiro. Je ne comprenais pas ce qu'ils voulaient de moi. Leur insistance me remplissait d'étonnement et, progressivement, de crainte. D'un seul coup, après avoir chanté la Marschallin pour la troisième fois, j'ai compris. J'ai pensé à certaines cantatrices prometteuses qui avaient quitté la scène brusquement, et dont on n'avait jamais plus entendu parler. J'ai compris que l'action secrète était la poursuite de l'opéra par d'autres moyens.

L'affirmation était sibylline, pour le moins. Je me gardai cependant d'interroger la belle à ce propos, d'abord parce qu'elle ne tenait visiblement pas à être interrompue, à devoir s'expliquer, mais surtout parce que certaines phrases ne conservent leur vertu révélante que si on leur garde une certaine couche d'obscurité. J'entendis à peine sonner le téléphone, dans les tréfonds de la maison ; et d'ailleurs, même si la sonnerie avait été plus forte, je n'aurais pas songé à quitter mon fauteuil. Ce n'était pas à cause du revolver. C'était autre chose. Un charme, si vous voulez. Ou, pour parler de façon plus neutre, une fascination. Il me semblait que tout, dans le monde que j'habitais, le monde si tranquille de Grand Rapids, s'était légèrement, subtilement transformé comme un décor de théâtre sous l'effet de l'éclairage, et que j'étais moi-même devenu quelqu'un d'autre. Je voyais, de façon très floue, comme un immense tapis bleu, une tête blonde, la mer, une grande étendue de mer, et une jungle, et une statue, et des fonctionnaires, et j'écrivais télégramme sur télégramme, j'étais horriblement fatigué, pourquoi donc ne tirait-elle pas ? Cela faisait si longtemps, il aurait été bon d'être enfin tué par elle, de mourir devant elle, sûrement elle ne s'en irait pas avant que tout soit accompli...

Ce n'était que la pénombre d'une fin d'après-midi d'automne, à Grand Rapids, Michigan, dans la maison de mon frère. La répétition de l'Orchestre allait bientôt finir. Il rentrerait à la maison, et qu'y trouverait-il ? Une voix très douce se fit entendre :

— Mon seul regret, c'est de n'avoir jamais chanté Tristan. Isolde, je veux dire. *Tristan et Isolde*. Je devais le faire, le mois suivant, à Vienne. Il était trop tard. Je ne chanterai jamais Isolde.

Le revolver tomba à terre, avec un petit bruit insignifiant. Elle ne fit aucun effort pour le ramasser. Elle but une nouvelle gorgée de whisky. Elle buvait décidément beaucoup.

— Il a un drôle de goût, ce whisky, vous ne trouvez pas ?

Je n'avais pas encore bu du mien. Je trempai les lèvres dans ce que les romans policiers appellent le liquide ambré. Ce n'était pas mon Cutty Sark de tous les jours. Ce n'était pas non plus le Chivas Regal des grandes occasions. Où avait-elle pris ça ? Je me retournai vers le bahut des alcools sans qu'elle manifeste la réaction habituelle.

La bouteille qu'elle avait débouchée était encore là, et déjà au tiers vide, car nos verres avaient été remplis avec une grande générosité. Et oui, c'était bien ça, c'était la bouteille que j'avais rapportée de Bornéo, le cadeau du sorcier dayak !…

Elle avait quitté le fauteuil qu'elle occupait en face de moi et maintenant elle était à mes côtés, et c'était peut-être du désir que je voyais dans ses yeux mais aussi, mais surtout de l'angoisse, de la peur, comme si elle était abandonnée sans défense à quelque chose qu'elle ne comprenait pas, qui ne pouvait lui apporter que du malheur, la mort peut-être au bout. Moi-même, je la regarde avec une sorte d'épouvante, et sais-je bien ce que je fais lorsque j'avale d'un coup ce qui reste du breuvage dans mon verre ? Nous ne nous touchons pas. On dirait qu'elle me supplie de ne pas la toucher. Elle bredouille des mots allemands — c'est extraordinaire ce qu'il y a de mots allemands dans notre vie, depuis quelques instants —, des mots qui ne veulent rien dire, des mots qui sont une mémoire, une trop profonde mémoire…

— *Sehnender Minne, schwellendes Blühen, schmachtender Liebe, seliges Glühen…*

Nous les avons chantés, les grands airs de *Tristan et Isolde*. Et tous les motifs, et tous les leitmotive, le *Désir magique,* le *Regard,* la *Potion merveilleuse,* le *Désir ardent,* la *Peine, Tristan le Héros,* la *Colère d'Isolde,* et bien d'autres qui ne se trouvent même pas dans l'opéra de Wagner. Nous les avons chantés au salon, *liebestod,* puis dans le grand lit de la chambre au tapis bleu, *liebestod,* et tantôt nos voix alternaient, tantôt elles se fondaient presque l'une dans l'autre, *liebestod,* sur la même ligne mélodique… Nous nous étions perdus de vue, je savais moins que jamais qui elle était, elle demeurait l'Inconnue par excellence, la suprême Inconnue, je savais seulement et elle savait elle aussi sans doute que nous allions ensemble vers le même désastre, le désastre oui, avec le sentiment délicieux d'une faute majeure qui accompagnait nos débordements, notre gymnastique folle, nos défis jetés à la nuit.

Quand mon frère est entré, nous n'avons rien entendu.

Les choses se sont passées très vite. Si vite que j'ai dû mettre quelques journées à reconstituer la scène, les détails, l'action. Tout ce que j'ai vu, sur-le-champ, c'est que mon frère était mort, tué d'une balle en plein cœur, et que la demoiselle de Saint-Lin — comment l'appeler autrement ? elle m'avait dit se nommer Olga, mais je n'en croyais rien — avait disparu.

Je pense, je pense très fort. Nous sommes donc en train de chanter *Tristan et Isolde,* au figuré bien entendu, et quand la porte s'ouvre c'est la lumière, plus que le bruit, qui nous signale la présence de quelqu'un. Je ne vois pas le visage. La silhouette reste immobile pendant quelques secondes ou quelques minutes, je ne sais plus, mais le raisonnement me démontre qu'il s'agit sans doute de secondes. Puis il s'avance lentement vers le lit, du côté de la dame qui prétend se nommer Olga. Avec un sentiment bien naturel de malaise, je reconnais maintenant le visage de mon frère ; un visage très calme, étrangement dénué d'expression. Il n'y a aucun mouvement à mes côtés, dans le lit. (Je pense, je pense très fort.) Pourquoi mon frère avance-t-il de ce côté? Et d'ailleurs, pourquoi avance-t-il? Ne serait-il pas plus convenable, plus décent qu'il referme la porte et nous laisse terminer ce qui est si bien commencé? Quand il arrive assez près de la femme qui s'appelle peut-être Olga, j'entends une détonation épouvantable, qui m'empêche d'abord de voir ce qui se passe. C'est elle qui a tiré, ce ne peut être qu'elle, puisque mon frère n'a pas levé le bras. Maintenant, il porte la main à son cœur, et se laisse tomber au ralenti sur le tapis bleu. Il aurait été normal que je voie dans son regard, à ce moment-là, une lueur d'étonnement, enfin quelque chose. Je ne vois rien de tel, je jure que je ne vois rien. Tout se passe comme si la balle, la scène, les événements, tout cela était dans l'ordre des choses, commandé par un destin aux idées bien précises. Peut-être entends-je quelques mots, une phrase même, prononcée d'une voix neutre, mais elle est si ridicule, cette phrase, si incongrue, si peu vraisemblable, que j'hésite à en croire ma mémoire.

« Ainsi meurent… les trompettistes… »

Il n'y a rien d'utile à tirer d'une phrase comme celle-là. Elle reste dans l'esprit comme un leitmotiv idiot, elle s'impose, elle s'installe, indifférente à toute tentative d'interprétation, forte de sa seule présence et de son compagnonnage obtus avec la mort.

On n'aime pas, dans mon métier, avoir affaire à la police. Il fallait cependant qu'elle vienne, car je sais d'expérience qu'une affaire comme celle-là peut laisser des traces embarrassantes. J'ai inventé une histoire outrageusement banale de vol par effraction, et on a fini par me laisser tranquille. La police de Grand Rapids n'est pas la plus futée du monde, et j'en avais vu d'autres. Quelques soupçons demeuraient ; mais du soupçon à la preuve il y a beaucoup plus de chemin que ne le suggèrent les romans policiers. Je savais, bien entendu, que je devrais quitter la ville dans un délai assez court. Il ne faut pas tenter le diable.

Olga, ou celle qui méritait le nom d'Olga, avait disparu avec une rapidité extraordinaire, sans un mot, profitant sans doute de ce que je me trouvais dans une sorte de catalepsie. Lui en voulais-je d'avoir tué mon frère ? Il me semble que non. Je dis : il me semble, car dans ce genre d'histoires on n'est jamais sûr de ses sentiments, et il est possible que l'indifférence ne soit que le masque d'un ressentiment trop fort pour être avoué. Tout s'était passé comme rituellement, sous le commandement d'un ordre supérieur auquel il aurait été impossible, à mon avis, de résister. Je ne pouvais imaginer mon frère que mort. Je ne pouvais imaginer Olga que disparue, à jamais disparue, après avoir fait dans mon existence une incursion dont le sens m'échappait.

L'idée m'est venue, fulgurante : je n'avais rien à voir dans cette histoire, il y avait erreur sur la personne. L'arrivée de mon frère n'avait fait que dissiper une méprise dont Olga et moi avions été l'objet durant toutes ces heures, dans le salon aussi bien que dans le lit. N'est-ce pas lui qu'elle avait menacé si longtemps de son revolver, avec lui qu'elle avait chanté les grands airs de *Tristan,* avec lui encore… ?

J'ai cherché. J'ai mis la maison sens dessus dessous. J'ai vidé tous les tiroirs, toutes les poches. À mesure que j'avançais dans mes recherches, je me rendais compte qu'un frère est quelqu'un qu'on ne connaît pas. Pour quelle raison Herbert von Karajan lui avait-il écrit pour lui donner rendezvous à New York ? Que pouvaient bien se dire le chef le plus prestigieux de l'heure et la deuxième trompette de l'Orchestre de Grand Rapids ? Plus étonnantes encore étaient les lettres du Dalaï-Lama, de Mère Teresa, de Jean Vanier, qui suggéraient chez mon frère l'existence d'une aspiration religieuse, voire d'une quête mystique. De cela, il ne m'avait jamais parlé. Si, pourtant, un soir, à mots couverts, comme s'il craignait d'indisposer ma nature profondément sceptique, il avait fait allusion à des voies nouvelles qui s'ouvraient devant lui, à la nécessité qu'il ressentait de voir plus loin, plus large… À ma très grande stupéfaction, il m'avait révélé qu'il avait fait l'année précédente un voyage en Inde, où il avait pris quelques leçons de sitar. Le sitar, grands dieux, pourquoi pas la guitare, pourquoi pas le basson, pourquoi pas les marimbas, la viole de gambe ! Il était aussi correct, méticuleux, ordonné qu'il l'avait toujours été, mais une lueur étrange allumait parfois son regard. À la fin, il avait laissé tomber une phrase qui, par son sens mais plus encore par le souvenir qu'elle ranimait en moi, m'avait jeté dans un trouble profond :

— C'est aussi simple qu'une phrase musicale.

Bornéo, Grand Rapids, même combat ?…

Il y avait un grand nombre de partitions, et il me semblait que c'est là, oui, que je trouverais le message espéré — craint autant qu'espéré —, s'il en avait laissé un. Je suis passé vite sur les cinq éditions différentes du *Concerto* pour trompette de Haydn, qu'il n'avais jamais joué, le seul trompettiste de sa génération peut-être à ne pas l'avoir fait. C'est entre deux pages de la *Sixième* de Sibelius, l'austère, la sombre *Sixième*, que j'ai trouvé la chose, rédigée en style télégraphique.

JE RENONCE À L'OPÉRA — À SES POMPES ET À
SES ŒUVRES — CARMEN ME CASSE LES OREILLES
— LA TRAVIATA M'ENNUIE — YSEULT YSEULT
YSEULT — À BAS L'OTS — JE PUIS VIVRE SANS TOI —
MAIS JE CONSERVE QUELQUES SECRETS UTILES —
ADDIO

Lui aussi, tiens. Hypocrite lecteur, mon semblable, mon
frère. Je réprime un frisson. J'avais oublié de vous le dire :
mon frère et moi, nous étions jumeaux. Jumeaux
identiques.

Je suis retourné à l'église, la St. Patrick bien nommée,
poussé par je ne sais quel sentiment. Elle était presque déserte, comme il est normal un mercredi. Deux ou trois
vieilles femmes égrenaient leur chapelet, dans les pre-
miers bancs. Une autre faisait son chemin de croix, en
marmonnant des prières sans doute apprises durant son
enfance, dans le quartier catholique de Belfast. Peu de lumière ; quelques lampions, à l'entrée du chœur. Dans cette
demi-obscurité, l'église était presque belle, les statues
acquéraient un peu du mystère humain et le tabernacle, là-
bas, tout au fond du chœur, exerçait une attraction presque
palpable.

Je me suis assis à l'arrière, sur un des derniers bancs, et

j'ai obtenu de mon esprit qu'il s'abstraie peu à peu des événements courants et se laisse prendre par autre chose, par la paix du lieu. J'ai pensé à mon frère comme à un homme que j'avais très peu connu, mais que j'avais aimé. Des mots du sermon de l'autre dimanche me revenaient : « L'amour rebuté, l'amour dédaigné, l'amour outragé... trop fort pour mourir, trop faible pour supporter... ces bienfaits infinis qui nous environnent...» J'avais peu dormi les nuits précédentes. Ces mots, ces cadences verbales m'ont fait sombrer progressivement dans un demi-sommeil, et j'ai sursauté quand j'ai senti une main se poser sur mon épaule.

C'était un homme entre deux âges, vigoureux, le regard plutôt dur, et il m'a invité, si l'on peut dire, à le suivre. Les femmes me regardaient maintenant avec une attention particulière et j'ai pensé que c'étaient elles, sans doute, qui avaient averti l'homme de ma présence dans l'église. Pendant tout le temps que je l'ai suivi jusqu'à la porte de la sacristie, à l'avant, elles n'ont pas bougé. Ou plutôt, oui, une d'elles a bougé. Je l'ai vue se rendre jusqu'à la grande porte, à l'arrière de l'église, et la fermer à clef.

Nous n'allions pas à la sacristie, qui était déserte ; nous ne faisions qu'y passer pour emprunter un petit escalier tournant qui descendait au sous-sol. J'entendais des bruits étouffés, des ordres brefs. Je commençais à comprendre. Aussi n'ai-je pas été vraiment surpris quand j'ai vu des caisses d'armes légères, des grenades, des mécanismes d'horlogerie, enfin tout ce qui sert à l'action terroriste. L'IRA.

On m'a fait asseoir sur une petite chaise dure et un homme assez court, roux comme il n'est pas permis, s'est mis à m'examiner, dans le silence général. Une minute plus tard, il déclarait avec l'accent d'une certitude absolue :

— C'est lui.

Qui, lui ? Moi, ou mon frère ? Dans quel bourbier ne s'était-il pas égaré, le joueur de trompette ? Je ne me souvenais pas d'avoir jamais eu affaire à l'IRA, mais on ne discute pas longtemps avec ces gens-là. Je ne nie pas qu'à un certain moment, à la deuxième ou troisième gifle, je n'aie pas eu la tentation de crier, de protester, de faire du grabuge. Cela faisait beaucoup, en quelques jours : la belle aventurière, mon frère, puis ça... Grand Rapids, Michigan, se révélait plus dangereux, infiniment plus dangereux que la jungle de Bornéo, plein d'équivoques, de coups fourrés, tout le contraire de ce que j'avais espéré en venant m'y cacher. Il me fallait en sortir, au plus vite. Pour l'amadouer, j'ai fait à mon tortionnaire un sourire aimable, qui m'a valu une quatrième gifle, beaucoup plus vigoureuse que les précédentes. Erreur technique.

C'est alors que le curé a fait son entrée. En col romain, dépouillé de la soutane et des ornements sacerdotaux, il inspirait une crainte d'un autre ordre que celle qui émanait de la chaire de vérité. Les terroristes de l'IRA ne lui étaient évidemment pas inconnus. Il m'a examiné sous toutes les coutures, apparemment satisfait que je ne porte pas de marques trop visibles des sévices subis. Puis il a fait entendre sa belle voix. Il parlait bien, cet homme, ce prêtre, ce chanoine, ce monseigneur : « De quelque distinction que se flattent les hommes, dit-il, ils ont tous une même origine ; et cette origine est petite. Leurs années se poussent successivement comme des flots ; ils ne cessent de s'écouler ; tant qu'enfin après avoir fait un peu de bruit, et traversé un peu plus de pays les uns que les autres, ils vont tous ensemble se confondre dans un abîme. »

Et ainsi de suite. J'étais un peu déçu. Ce discours, malgré des allusions dans lesquelles je pouvais me reconnaître, me paraissait un peu vague, comme s'il voulait noyer quelque poisson. J'aurais préféré entendre parler d'amour, de châtiment, comme à l'église.

Je ne saurai jamais pourquoi on m'a relâché.

Le lendemain, je quittais Grand Rapids, Michigan. Et pour aller où, pensez-vous ?

III

Je suis de retour à Bornéo, dans la forêt de Bornéo, et je marche péniblement, à la limite de mes forces, assailli par des millions d'insectes divers, tous animés à mon égard d'intentions peu amicales. Je ne suis, cette fois, chargé d'aucune mission par l'Organisation. (Du moins je le crois…) Je suis venu de mon plein gré, poussé par un sentiment d'urgence que je n'arrive pas à m'expliquer clairement. Je marche dans les mêmes sentiers qu'à mon précédent voyage, en compagnie des mêmes Dayaks, à l'exception toutefois de mon ami le sorcier, qui a fait état de raisons assez bizarres, cors aux pieds, mauvaise disposition des étoiles, présages obscurs et autres sornettes, pour refuser de m'accompagner. Moi-même, je me trouve dans des sentiments beaucoup moins optimistes, beaucoup moins agressifs qu'autrefois. Si d'aventure je rencontrais un python, ce qui est du reste plus que probable, que ce soit le *python reticulatus* qui se fond dans le paysage ou le *python curtus* qui, lui, se voit à vingt mètres, je ne l'affronterais pas mais je ferais un détour pour l'éviter, quitte à subir les morsures de plusieurs petites bêtes désagréables. La sensation fraîche de la découverte ne m'habite pas. Je marche dans des sentiers dont il me semble que je connais chaque détour, chaque embarras.

(Impression fausse : il y en a toujours un peu plus…) La forêt de Bornéo, pourtant la plus redoutable qui soit et la moins explorée, est devenue ma forêt natale, et j'y reprends la trajectoire secrète de mon destin. Pour tout dire, quand j'entends le *pyrargue vocifère*, je reconnais une voix fraternelle, j'ai l'impression d'entendre un collègue. Il me suit parfois durant plusieurs minutes. Puis il s'éloigne, appelé par d'autres devoirs.

Mon ami le sorcier m'avait quand même accompagné jusqu'au début de la première piste, le lendemain de la fête inévitable où j'avais dû danser jusqu'à épuisement et boire je ne sais plus combien de verres d'une boisson infecte, sous peine de décevoir mes hôtes. Il avait prononcé le discours suivant :

« Ô mon ami, ô mon frère, ô mon cousin, ô mon compagnon-venu-de-l'autre-côté-de-l'océan, ô le coureur-de-grandes-aventures-sans-savoir-pourquoi, ô l'amateur-de-petits-et-grands-ennuis, ô… »

Quand il est ainsi lancé dans une litanie d'appellations, mon ami le sorcier ne sait vraiment pas comment s'arrêter. Il faut que son assistant, le sorcier adjoint, claque des mains près de son oreille.

« … Je disais donc que te voilà engagé de nouveau, et sans ma protection puisque j'ai des cors aux pieds et que j'ai reçu des dieux innombrables des avertissements difficiles à interpréter mais néanmoins plutôt négatifs, te voilà engagé dans l'aventure la plus périlleuse qu'on puisse imaginer, plus périlleuse sans doute que la première fois, puis, ô mon ami, ô… (*clac* !), c'est dans tes propres pas que tu vas mettre les pieds, et sais-tu bien dans quelle forêt tu t'enfonces, c'est la même et ce n'est pas la même, ô mon frère, ô mon cousin, ô… (*clac*!), enfin bref tu sais ce que je veux dire, et salut bien, tâche de ne pas te faire avaler par un python, vieille branche, et puis après tout va te faire tuer si ça t'amuse, moi j'ai autre chose à faire, la cérémonie a assez duré, mes trois femmes et mes quinze enfants m'attendent, et pour une fois on mangera des œufs au lieu de ces saloperies de poissons tropicaux, alors donc, et donne-moi des nouvelles du rhinocéros à deux cornes si tu le rencontres. »

Il se reprit vivement :

— Non, ne m'en donne pas. Je m'en balance, du rhinocéros à deux cornes. Le rhinocéros à deux cornes ne me fait ni chaud ni froid. Si tu rencontres le rhinocéros à deux cornes, tu lui tireras une balle entre les deux cornes. Pour qu'on en finisse. Le monde n'a pas besoin d'un rhinocéros à deux cornes.

Sur cette longue tirade, qui l'avait épuisé, il m'avait tourné le dos et il était rentré à la maison. Son langage, depuis quelque temps, était devenu plus vulgaire, et il déconcertait ses disciples les mieux disposés en entrecoupant de remarques vraiment très superficielles, voire ordurières, les hautes considérations spirituelles qui relevaient de sa fonction. La civilisation, dans ce pays éloigné de tout, faisait des progrès étonnants.

Excédés par ce discours dont ils avaient entendu l'équivalent tant de fois, mon guide et mes porteurs dayaks avaient démarré précipitamment, et je les avais suivis. M'attendant, comme toujours, au pire. Il suffisait d'avancer de quelques pas, j'y étais.

Est-ce bien elle, encore ?

Elle est là, tout au fond, dans son bureau, dans son cubi-
cule, je l'aperçois qui déplace des dossiers, je distingue mal
ses traits, j'ai beau m'approcher, traverser l'immense tapis
bleu de bout en bout jusqu'à presque la toucher, non, je veux
voir seulement, la voir, être sûr qu'elle existe, et peut-être,
mais avec une délicatesse, une discrétion infinie, lui faire
sentir que j'existe, que je suis quelque chose pour elle, non
pas quelqu'un ce serait trop, beaucoup trop, seulement
quelque chose, mais un léger brouillard s'est levé et j'aimerais croire qu'il nous enveloppe tous les deux dans son secret,
mais non, malheur, il nous sépare, il établit une distance
incommensurable entre elle et moi, nous ne faisons plus
partie du même monde, nous ne sommes plus au monde,
maintenant le patron l'appelle, je vois la belle silhouette qui
me tourne le dos, qu'est-ce qu'elle fait, qu'a-t-elle fait durant
tout ce temps, pendant que moi je courais le monde, la
fuyant et la cherchant, essayant par tous les moyens de
franchir l'étendue bleue qui nous unit et nous sépare, qu'est-
ce qu'elle a fait, qu'est-ce qu'elle fait, qu'est-ce qu'elle pense,
envoie-t-elle des télégrammes à quelqu'un d'autre qui lui
répondrait comme moi, je lui écris, je compose sur-le-
champ un télégramme pour elle — NON, JE N'AI RIEN À
VOUS DIRE, C'EST INUTILE, N'INSISTEZ PAS, STOP,

NE COMPRENEZ-VOUS PAS QUE SI JE SUIS ENCORE À BORNÉO C'EST À CAUSE DE VOUS, STOP, JE VOUS, STOP, JE, STOP —, son visage s'en va, se dissout, à qui ressemble-t-elle, je n'en peux plus d'aimer, mais est-ce bien aimer, je suis seul maintenant dans un monde sans limites, un monde où il n'y a plus personne, je n'aperçois qu'une ombre dans le bureau, c'est-à-dire que je ne vois rien, je ne comprends pas, il me semblait que j'étais dans une forêt profonde et voici que je suis sur la mer, dans le grand vide de la mer, c'est elle et elle n'a plus de traits particuliers, elle occupe tout l'espace et elle est infiniment absente...

N'est-ce pas, vous, qui êtes aveugle sur la mer? Vous qui vacillez dans tout ce bleu, ô tristesse dressée aux vagues les plus loin?

Je pense à pleurer, mais les larmes ne viennent pas. Je suis médusé. Aveugle, je vois.

Si je m'attendais à ça!...

Vous marchez dans la jungle bornéenne, sans autre souci que d'éviter un certain nombre d'inconvénients connus de tous, plantes, bêtes terrestres, aquatiques ou aériennes, laissant votre imagination vaguer de-ci de-là, parce qu'à la longue les dangers se répètent et la marche devient monotone — vous vous trouvez tantôt dans votre bureau, à Ottawa, ou vous faites votre jogging matinal à

Grand Rapids, ou vous vous promenez sur la plage d'Ostende, ou à Paris vous revenez d'un concert —, vous répondez d'un signe de tête bref aux observations de votre guide dayak, en somme vous faites ce qui se fait dans la jungle de Bornéo, vous avancez, vous souffrez un peu, vous persistez, et tout à coup vous rencontrez, marchant en sens inverse et accompagné d'un guide et de porteurs dayaks semblables, vous rencontrez subitement, n'en croyant pas vos yeux, comme si vous vous trouviez au coin de Rideau et Sussex, un homme que vous n'auriez jamais cru voir de nouveau, et particulièrement dans un tel lieu, l'homme de l'Organisation, le Grand Patron en personne, mal rasé, presque en guenilles, couvert de cicatrices diverses, plus mort que vif mais encore assez vif pour, le premier moment d'étonnement passé, vous apostropher violemment, comme si vous arriviez au bureau avec cinq minutes de retard.

— Ah! vous voilà, vous! Je vous retiens! Vous allez en entendre de belles! Vous n'auriez pas pu nous faire signe, un tout petit signe, non? Et les manigances de votre sorcier dayak, vous croyez qu'elles m'ont fait plaisir, hein, vous croyez que je vais les oublier? Relisez votre contrat, mon ami! Relisez le paragraphe 7, alinéa z! Et j'entends bien vous voir à mon bureau, cette après-midi, à quatorze heures précises.

La dernière phrase est la marque certaine d'un esprit égaré, et je m'apprête à lui en faire l'observation lorsque, de lui-même, ayant jeté un coup d'œil sur sa montre, il se reprend :

— Disons plutôt quinze heures, ce sera moins serré.

Il regarde autour de lui, comme s'il reprenait contact avec le spectacle de la jungle bornéenne.

— Ou, peut-être, quinze heures trente... quarante...
Et le voilà qui se met à pleurer à chaudes larmes. Je le
console du mieux que je le peux, et c'est vraiment un spectacle curieux que nous offrons tous deux au guide et aux
porteurs dayaks, deux hommes faits s'embrassant et brail-
lant — car je pleure aussi, bien entendu — dans la forêt
vierge où ils se sont rencontrés par hasard. Les Dayaks se
sont pudiquement retournés; quelques-uns sont même
allés à la pêche dans un torrent voisin, soupçonnant que ce
serait long.

On pleure, donc, on s'embrasse, on se donne des tapes
dans le dos, puis à la fin il faut quand même tenter de
s'expliquer.

— C'est elle, dit-il. Elle a demandé, elle a exigé que je
vienne.

Qu'allais-je apprendre là?

— Vous allez me dire qu'un patron n'a pas à obéir aux
objurgations de sa secrétaire, mais vous savez ce que c'est,
vous savez — mieux que personne, je n'en doute pas —
l'importance du rôle qu'elle joue dans l'Organisation. Sans
elle, ma foi...

Son visage se contracta légèrement, il fit quelques gestes
désordonnés. Ce n'était pas l'émotion. C'était un frelon
rayé de Bornéo, scientifiquement appelé *Vesta tropica*, qui
venait de planter son dard dans sa fesse droite. Il est difficile
de tenir une conversation suivie dans la jungle de Bornéo.

— Vous ne pouvez pas imaginer...

La fesse gauche, cette fois. Je vis deux frelons rayés s'en
aller, profondément satisfaits.

— Je suis un homme d'ordre, moi, un père de famille,
je donne des cours du soir à l'Université d'Ottawa, je

déjeune de temps à autre avec un ministre, en hiver je patine un peu sur le canal Rideau, je chante dans la chorale du ministère du Revenu, j'étais baryton autrefois mais depuis quelque temps je suis descendu chez les basses, il y a moins de notes et on trouve un plaisir certain, je vous l'assure, dans la sensation de soutenir tout l'édifice sonore, et pour tout vous dire je n'ai pas une grande considération pour les ténors, ces coqs…

Peu à peu les porteurs dayaks s'étaient rapprochés, et maintenant ils faisaient cercle autour du directeur. L'un d'eux avait allumé le feu, sur lequel grillaient les nombreux *sibarous* pêchés quelques instants auparavant. Ils écoutaient, fascinés, bien que ne connaissant pas un mot de français. Étaient-ils sensibles à la musique très particulière de ce français d'Ottawa que parlait le directeur, mâtiné de beaucoup d'anglais, d'ukrainien, de polonais et d'un peu d'acadien, dialecte étrange auquel les linguistes commençaient à s'intéresser sérieusement? Quoi qu'il en soit, c'était une très belle scène et j'en oubliais d'être étonné, la présence du directeur en ce lieu me paraissant maintenant naturelle, et je l'écoutais comme je ne l'avais jamais écouté dans la pénombre de son bureau, de l'autre côté du tapis bleu. Il avait le regard perdu de qui ne s'adresse qu'à lui-même, à son double.

— Je ne voulais pas partir. Je ne voulais pas partir.

Cela sonnait comme une plainte, un gémissement.

— Les aventures, moi, les voyages dans les pays où il n'y a ni Hilton ni Holiday Inn, ne me parlez pas de ça, j'ai horreur. Je dirige l'Organisation, oui, je la dirige, entendez-vous bien, je pense, j'organise, je déduis, mais c'est aux autres, aux sous-fifres, de se magner le train.

Il avait prononcé les derniers mots avec l'accent de Paris. Cela aussi fait partie du français d'Ottawa. Un sanglot lui échappa. Plusieurs sanglots, en fait. Bientôt ce fut une cataracte, un déluge. Le guide et les porteurs dayaks, pour quelque raison bizarre qui m'échappait, semblaient ravis. Ils se mirent à sangloter eux aussi, mais d'une façon énergique et en quelque sorte rieuse, les sanglots répondant les uns aux autres puis se rejoignant et formant des accords qui éclataient, dans la jungle, comme des feux d'artifice vocaux. C'était très beau, à mi-chemin entre Xenakis et John Cage.

Ébahi par cette musique qui donnait une suite inattendue à ses manifestations de chagrin, le directeur en oubliait de pleurer. Les Dayaks s'arrêtèrent aussi, et tendirent l'oreille. Ils en voulaient plus.

— Quand elle…

Il allait sangloter de nouveau mais il s'arrêta net, craignant de déclencher une nouvelle vague de musique contemporaine. Il reprit sur un ton plus bas, maîtrisant à peine les vagues d'émotion qui menaçaient à tout moment de le submerger :

— Quand elle m'a enjoint de partir à votre recherche, au nom des principes d'entraide qui régissent l'Organisation, j'ai résisté, comme vous l'imaginez bien, j'ai parlé de la chorale, du budget de fin d'année, de mon petit dernier qui faisait sa communion solennelle, de ma femme qui avait repris ses études d'endocrinologie et qui comptait sur moi pour faire mon tour de garde, j'ai énuméré toutes les raisons, y compris la petite douleur au sein gauche qui m'atteint lorsque j'ai marché trop vite après le déjeuner, toutes les raisons qui militaient contre une telle embardée, je ne dis pas, s'il ne s'était agi que de Grand Rapids, Michigan…

— Vous saviez ?

— Nous savions.

Tout un monde d'hypothèses s'ouvrait devant moi. Mais alors, Olga ?… Et l'IRA ?…

— Rien n'y a fait, elle est demeurée inflexible, elle n'a même pas offert de m'accompagner à l'aéroport pour me donner les derniers conseils, peut-être savait-elle que de toute manière c'était inutile, qu'avec tous ces moustiques, ces bêtes sauvages, ces dangers, cette folie, cette végétation insensée, ces rivières pleines de poissons immangeables, ces torrents où la raison chavire avec le reste, ce…

Un sifflement violent se fit entendre. Les yeux du directeur devinrent sur-le-champ vitreux, sa tête s'affaissa. Une flèche, lancée sans doute à l'aide d'une sarbacane et non moins sûrement empoisonnée, était fichée dans sa poitrine.

Inutile de chercher qui avait tiré. Les porteurs dayaks regardaient le directeur comme s'il allait continuer à parler, à raconter ces histoires à dormir debout dont ils n'entendaient que la musique. Puis, voyant que la poupée parlante était devenue silencieuse pour de bon, ils retournèrent à leurs casseroles, où les *sibarous* achevaient de griller et même brûlaient un peu. C'est seulement quand ils se furent ainsi dispersés que j'osai m'approcher du directeur qui, la tête affaissée sur la poitrine, ressemblait à un bouddha complètement résigné à son sort. Un petit serpent rampait vers lui, que j'écartai négligemment du pied, sans penser au danger. Le directeur soufflait encore un peu. Quand je fus près, tout près de lui, il souleva la paupière gauche et murmura :

— Ostende.

J'avais bien entendu. Il avait dit : Ostende, très clairement.

Quelque chose résiste, m'empêche de poursuivre comme je le voudrais ce voyage, ce récit. Si on savait, on ne commencerait pas, on ne partirait pas. Le voyage est toujours trop long, et conduit toujours où on ne veut pas aller. Les mots ne sont pas plus sûrs que les routes, que les avions, que la nature. Je voudrais être ailleurs, ne jamais avoir démarré. Ou je voudrais en avoir terminé, écrire le mot « fin », compter les pages, les envoyer à l'éditeur et qu'il me dise, avec les circonlocutions d'usage, non, ce n'est pas tout à fait ça, vous repasserez la semaine prochaine, on verra, si vous changiez de genre peut-être ? Je voudrais ne plus avancer, m'asseoir, m'étendre sur le sol, me laisser recouvrir par la vermine, pourrir sur place comme le directeur que nous avons laissé à l'endroit même où il a reçu la flèche, jugeant inutile de l'enterrer. Bientôt, il ne restera de lui que des ossements nettoyés à fond, que les explorateurs de l'avenir examineront avec curiosité, se demandant si c'était un animal ou un homme. Mes pieds sont lourds. Je les pose l'un devant l'autre, sur la piste à peine discernable, et à chaque mouvement c'est la croix et la bannière, c'est comme si j'avais à soulever quelque chose de plus lourd que moi-même. Je ne parle pas des autres douleurs, crampes et

83

le reste, pour lesquelles j'ai apporté toutes sortes de remèdes que je ne songe pas à utiliser. Je fais corps, c'est l'expression juste, avec des empêchements, des malaises qui sont devenus ma seule raison de vivre, de continuer, de m'acharner sur cette piste maudite. À vrai dire, je sais à peine que j'existe. Je ne suis que ces deux pieds de plus en plus lourds, et cette tête qui tourne, qui tourne… Mais je ne veux pas m'évanouir, ce serait trop bête, perdre la face, être porté par les Dayaks. J'assumerai jusqu'au bout le destin de l'homme blanc, je marcherai jusqu'à ce village, là-bas, à je ne sais combien de kilomètres, d'où j'enverrai un télégramme.

C'est la fête, au village, on a déjà bu une grande quantité de *tuak,* et j'ai de la difficulté à trouver le télégraphiste qui, comme tout le monde, s'est octroyé un congé payé. Il me regarde d'un air méchant. Mais quand il comprend que je puis actionner moi-même sa machine et n'ai besoin que de sa clef, il s'adoucit aussitôt et retourne à ses orgies.

Je m'installe. Je n'y vais pas par quatre chemins :

DIRECTEUR DÉCÉDÉ STOP FLÈCHE EMPOI-SONNÉE STOP PAS DE FLEURS STOP BONNES PENSÉES SUFFIRONT STOP PRÉVENIR FAMILLE ET CHORALE MINISTÈRE REVENU STOP AUCUN MESSAGE POSTHUME STOP CONDOLÉANCES À TOUT UN CHACUN STOP COURSE À LA SUC-CESSION OUVERTE STOP HAUT LES CŒURS STOP LA VIE CONTINUE STOP JE VOUS AIME STOP ET STOP

Il faut recommencer. Ce n'est pas ça. On pourrait croire, là-bas, que je prends la chose à la légère, que je ne suis pas conscient de l'importance de l'événement. Il était directeur, tout de même. Il ne faisait pas grand-chose, comme il l'avouait lui-même à ses quelques moments de fatigue ou de faiblesse, mais il représentait, il avait le titre. Et ce voyage inusité, cette mort étrange…

MYSTÈRE JUNGLE BORNÉO STOP MORT BRUTALE STOP ENQUÊTE IMPOSSIBLE STOP COMPLICATIONS INTERNATIONALES À PRÉVOIR STOP QUI A SOUFFLÉ DANS LA SARBACANE STOP ALERTE SUR TOUS LES FRONTS STOP PRÉVENIR GRC CIA RG RIO PLQ STOP FUNÉRAILLES NATIO-NALES STOP NON STOP OSSEMENTS PAS PRÉ-SENTABLES STOP SIC TRANSIT GLORIA MUNDI ET CETERA STOP ORAISON FUNÈBRE VOIR BOS-SUET STOP JE M'EN FOUS STOP AVEZ-VOUS DÉJÀ MANGÉ DU SIBAROU STOP AFFREUX STOP À MORT LE DIRECTEUR STOP À BAS TOUS LES DIRECTEURS STOP SURTOUT LE PRO-CHAIN STOP ABASABASABASABASABAS…

La machine s'est détraquée. Pas étonnant. Ce n'est pas encore ça. Je n'ai pas trouvé le ton, la manière fine, la mélodie, le rythme.

Une idée me traverse l'esprit : et si le directeur avait été tué par erreur ? si c'était moi qu'on avait visé ? Les tireurs de flèches empoisonnées sont des experts mais personne n'est à l'abri d'une erreur, surtout à la brunante. J'avale à grand-peine les deux télégrammes précédents et je les arrose d'un grand verre de *tuak*, pour qu'il n'en reste vraiment rien. Et j'entreprends le troisième, le vrai, le définitif.

DANS CETTE FORÊT OBSCURE STOP JE PEINE
À L'INFINI STOP VIVANTS PILIERS CONFUSES PA-
ROLES STOP TU PARLES STOP VASE DE TRIS-
TESSE STOP GRANDE TACITURNE STOP BELLE
TÉNÉBREUSE STOP ET ENCORE SEMPER EADEM
STOP OUBLIEZ-MOI STOP JE VOUS ORDONNE
DE M'OUBLIER STOP JE DÉMISSIONNE STOP
JE SUIS EN VILLÉGIATURE STOP INTROUVABLE
STOP JE M'AMUSE BEAUCOUP STOP SED NON
SATIATA STOP

Qu'est-ce que j'entends là-bas, quelle musique? Cela
sonne comme un vieux disque 78 tours joué sur un
appareil à manivelle, et c'est à peine si j'entends les notes, la
mélodie, non seulement à cause de l'ancienneté technique
de la chose mais aussi parce que la fête, aux alentours,
devient de plus en plus bruyante. Plusieurs couples sont
passés en criant devant ma porte, que j'avais heureusement
fermée à clef. Ce que j'entends, c'est peut-être, c'est proba-
blement Enrico Caruso chantant un des airs les plus décré-
pits du répertoire italien, accompagné par un orchestre sans
cordes. Parfois, au moment où l'on s'y attend le moins,
alors qu'on est vraiment dégoûté de cette bouillie sonore,
une note se fait entendre, une seule, et alors c'est le miracle,
on croit de nouveau à la musique, mais cela ne dure qu'un
instant, quelques secondes. C'est ce disque qu'il faudrait
envoyer à Ottawa, au lieu de mon foutu télégramme à la
noix. Je le déchire, lui aussi, je l'avale, avec une autre lampée
de *tuak*.

La fête se déchaîne vraiment, à l'extérieur. J'entends des
cris, des gémissements, des hurlements, qui ne sont pas seu-

lement de plaisir. Je vois, à travers la fenêtre mal nettoyée, des ombres passer, se poursuivant les unes les autres, et parfois un bras armé de quelque chose s'abat sur ce qui ressemble à une tête, un dos, n'importe quoi. On a donné des coups violents contre la porte, tout à l'heure. Peut-être des amoureux qui désiraient un peu d'intimité ; encore qu'à l'extérieur, je l'ai vu, on ne se gêne pas beaucoup. J'éteins, par prudence. Je m'affale dans un coin avec ma troisième bouteille de *tuak,* et je bois. Je bois pour boire, sans fin.

Ostende.

Ce mot-là ne convient pas. Il n'a rien à voir avec ce qui se passe ici. Les mots d'ici, c'est : *dayak, tuak, parang, kijang, arak, iban, kapit.* Rien à voir. Un corps étranger. Douceur. Oubli. Vastes espaces dégagés. Le regard, à perte. La lumière forte, trop forte. J'ai mal aux yeux. Je tourne la tête, elle est là. Elle est blonde, ô combien, mais la lumière de ses cheveux n'éblouit pas. D'ailleurs, elle porte un chapeau, un très grand chapeau, qui fait de l'ombre et presque de l'obscurité sur son visage, que je distingue mal. Nous sommes, évidemment, très heureux, nous le sommes de plus en plus, il semble que rien ne puisse s'opposer à l'intensité, à l'éternité d'un tel bonheur. Pourquoi lui demandé-je, à ce moment précis, d'enlever son chapeau ? Je le fais sans raison nette et d'ailleurs contre toute logique et toute prudence, parce que le soleil tape vraiment très fort et que la couche d'ozone, on le sait, n'est pas en très bon état. Elle ne répond pas d'abord, elle fait comme si elle n'avait pas entendu et c'est peut-être vrai qu'elle n'a rien entendu, j'ai parlé tout doucement, comme en rêve. Une force inconnue me porte à insister. J'élève un peu la voix. Très doucement, mais avec une grande fermeté, elle me répond :

— Non.

Je ne suis pas étonné ; je n'attendais pas d'autre réponse. Je reviens tout de même à la charge. J'ai raison, puisque le soleil est disparu maintenant, et que l'insolation n'est plus à craindre. Il me semble même que je crie un peu. Nous sommes seuls sur l'immense plage et le ciel est gris, la mer est toute grise. À la fin, Monika se tourne vers moi, et avec un sourire dont je ne réussis pas à déchiffrer le sens, en me regardant droit dans les yeux, elle enlève lentement son chapeau, et je suis comme frappé de paralysie.

Ce n'est pas Monika que je vois, ou est-ce bien elle, c'est une très vieille femme, la femme plus vieille que tout, l'idole, yeux noirs et crin jaune, sans parents ni cour, plus noble que la fable, mexicaine et flamande...

Je pleure maintenant, je sanglote à grands coups, comme un imbécile, comme qui a perdu tout ce qu'il avait et ne sait même plus s'il a déjà eu quelque chose, un amour, une amitié, une rencontre. Dans la cabine du télégraphe, dans un village de Bornéo, alors que se déroule à l'extérieur une fête célébrant je ne sais trop qui ou je ne sais trop quoi, je pleure parce que j'ai bu beaucoup trop d'*arak* ou de *tuak,* enfin une cochonnerie d'alcool, je pleure sur le monde, je pleure sur elle, je pleure sur moi-même puisqu'on ne pleure jamais que sur soi-même.

Puis la porte de la cabine est défoncée, et un grand guerrier dayak armé d'une sorte de sabre évidemment empoisonné...

Je ne m'en suis pas sorti facilement. Négligeons quelques détails, cris, blessures diverses, courses en tous sens. Je suis encore vivant, j'oserais même dire presque intact, et je poursuis mon voyage, ma promenade, mon exploration, ma randonnée, appelez ça comme vous voudrez, qui me conduira, si je n'y prends garde, dans un lieu que je refuse d'imaginer. *Il faut craindre la fin des histoires.*

La forêt de Bornéo, je dois l'avouer, n'est plus ce qu'elle était. On y fait des rencontres tout à fait imprévues. La deuxième ne fut pas moins étonnante que la première. Vous croyez peut-être que j'étais heureux d'être débarrassé d'un directeur peu efficace, tatillon, dont l'apparition soudaine et incongrue dans la jungle ne pouvait que me déconcentrer. Ma foi, il n'en était rien. Il m'arrivait encore, quelques jours plus tard, devant mon guide dayak étonné, de laisser couler une larme en pensant au gros imbécile qui avait tout de même compromis sa tranquillité, risqué sa vie pour venir me retrouver dans cette contrée inhospitalière. Et puis, n'est-ce pas, c'est elle qui l'avait envoyé. Je n'en pouvais plus douter maintenant, c'est elle qui, depuis toujours, tenait les fils de l'action, et j'avais eu grand tort, dans la paix (à vrai dire légèrement perturbée) de Grand Rapids, de m'être cru oublié, ou devenu introuvable. La question de ses rapports avec Olga me troublait particulièrement. Une phrase tout à coup chantait dans ma mémoire : « *Wie man nichts halten soll* », et je ne savais pas si elle venait de Grand Rapids, Michigan, ou d'Ottawa,

Canada, ou encore — cela devenait de jour en jour l'hypothèse la plus plausible — de cette jungle même, de cette forêt dont elle était la voix, l'expression, la double vie. Il faut croire que je l'avais fredonnée à haute voix, cette phrase, puisque mes guides dayaks en avaient retenu quelques bribes, qu'ils se lançaient l'un à l'autre dans de bizarres dialogues : « *wie man* », « *halten soll* », « *nichts* », entrecoupés de gloussements dont la signification m'échappait.

Un incident mérite d'être rapporté ici. Je m'étais installé pour la nuit sous une moustiquaire qui me protégeait assez efficacement contre les ennuis du monde ambiant, et j'avais lu comme chaque soir mes quelques pages de Lautréamont, qui racontaient des choses beaucoup plus terribles que tout ce qui pouvait m'arriver dans la forêt de Bornéo et par là m'apaisaient, puis le sommeil était venu. Une heure ou deux plus tard, un léger bruit, traversant l'écran des bourdonnements, sifflements, claquements, m'avait alerté. Regardant autour de moi, je m'aperçus que mes porteurs, tous les trois, avaient disparu. J'aurais dû être terrifié, à tout le moins sérieusement inquiet. Je ne le fus pas. D'être ainsi livré à la nuit, à la nature, sans aucune protection, me donna au contraire un sentiment d'absolue sécurité, sans aucun rapport avec les petites assurances qu'apporte ou croit apporter la civilisation. Quand les porteurs revinrent, au matin, je fis semblant de dormir. Ils étaient étrangement gais.

J'ai parlé d'une deuxième rencontre. Elle se produisit un ou deux jours plus tard, à la fin d'une journée somme toute banale, un python trop curieux, un ou deux naufrages dans le torrent, des moustiques en abondance comme de bien entendu, des pensées disparates, une journée banale, oui, mais au cours de laquelle nous avions commencé à entendre, oh! très faiblement, des bruits inaccoutumés, sans aucune parenté avec ce qu'on entend généralement dans une jungle de bonne tenue. Nous arrivions, donc, au lieu prévu pour la halte nocturne, et nous fûmes stupéfaits — les Dayaks autant que moi-même — de découvrir qu'il était déjà occupé par une expédition semblable à la nôtre. Ma stupéfaction personnelle redoubla quand je reconnus, mangeant du *sibarou* avec un enthousiasme suspect, conversant avec ses guides dans leur langue même, mon ami Georges, l'ambassadeur Georges Papineau, que je n'avais pas vu depuis Rio, et qui semblait se trouver aussi à l'aise dans cette forêt mal dégrossie que dans quelque réception diplomatique à Djakarta ou à Bruxelles.

Lui ne me reconnut pas dès l'abord. Il est vrai que je n'étais pas dans un très bon état, sale, les vêtements en lambeaux ou presque. Depuis quelques jours, je me négligeais un peu, tentant peut-être par là, plus ou moins consciemment, de me fondre dans le paysage, de me faire accepter par la jungle. Puis, dans un mouvement quelque peu mélodramatique, Georges Papineau se leva et vint me serrer dans ses bras.

— Mais c'est vous! c'est vous!...

Je crus un instant qu'il m'attendait, qu'il était venu à Bornéo pour me retrouver, lui aussi, mais il me détrompa aussitôt. Sans nouvelles de moi depuis notre précédente rencontre, et inquiété par la soudaineté de ma fuite, il avait fait quelques démarches pour me retrouver, quelques sondages du côté d'Ottawa et de deux ou trois autres capitales, mais il avait fini par mettre le tout sur le compte de la fatalité, du destin. Georges Papineau frayait souvent avec le destin.

— Si je suis venu ici…

Il sembla remarquer mon air épuisé, ahuri ; un peu plus, j'allais tomber.

— Mais je parle, je parle, et vous avez sans doute besoin de vous restaurer un peu… Marcel !

Il avait donné ce nom à l'un de ses porteurs.

— Une chaise pliante, s'il vous plaît, et surtout, surtout, deux whiskies bien tassés, n'est-ce pas, avec beaucoup de glace, pour faire passer ces damnés *sibarous*…

Nous n'étions pas sitôt installés qu'il reprenait son discours.

— Vous savez ce que c'est, on a beau le vouloir à tout prix, sacrifier bien des plaisirs légitimes, se lever à cinq heures chaque matin, ma foi, quand on est ambassadeur, avec toutes ces réceptions, ces rapports à dicter, un personnel nombreux, eh bien il est assez difficile d'écrire pour de bon, de faire une œuvre enfin…

Il y eut, entre nous, un bref éclair.

— … ou, si vous préférez, quelque chose de simplement publiable. Alors, j'ai pris les grands moyens. J'ai tout quitté. Voici ma Thébaïde.

Elle était bien fournie, sa Thébaïde. Un ordinateur avec traitement de texte, branché directement sur celui de son éditeur de Hambourg, qui recevait ainsi chaque jour les pages écrites dans la jungle. Un télécopieur qui lui permettait d'envoyer des messages rédigés manuellement, des messages plus personnels, plus intimes, quand l'autre machine lui paraissait trop peu humaine. Le Georges Papineau d'autrefois, n'écrivant que pour lui-même (ou pour moi), avec stylo Mont Blanc sur papier de luxe, des textes légèrement ésotériques, avait vraiment passé l'arme à gauche.

— Vous me connaissez, dit-il. Entier, passionné comme je le suis… Je n'écris plus maintenant que des récits de voyages. La vraie vie. Les dangers réels. Les instincts fondamentaux. Les adaptations pour la télévision. Les traductions. Le *Book of the Month Club*. Il y avait aussi un lecteur de disques compacts, SONY 1815DU61UM, avec écouteurs.

— On a beau dire, tous ces chants d'oiseaux qui font le bonheur des ornithologues, oui, c'est curieux, c'est même superbe par moments, mais on finit par en avoir assez, les oreilles n'en peuvent plus. Alors… Vous voulez essayer ?

D'autorité, il me colla les écouteurs sur les oreilles et du coup, en effet, les sons de la forêt disparurent, remplacés par la chevauchée des Walkyries et la grande Birgit Nilsson lançant ses « Hojotoho ! Hojotoho ! », ses « Heiaha ! Heiaha ! » Je la voyais, avec son casque ailé, sa lance, son petit bouclier, son armure, son regard perçant, et je ne pus — était-ce la fatigue ou autre chose ? — m'empêcher de rire, d'éclater de rire, les larmes coulaient, j'avais des hoquets…

Georges Papineau, désarçonné, les lèvres pincées, me regardait d'un air hostile.

— Vous n'aimez pas ? Vous préféreriez Martha Mödl, ou peut-être Régine Crespin ?

Il avait apporté les trois versions, Solti, Furtwängler et Karajan ! Il avait une discothèque complète à sa disposition, là, dans la jungle de Bornéo ! Je lui remis les écouteurs, en indiquant que je ne voulais pas écouter les autres versions, non, j'en avais entendu suffisamment, pour une fois… Il y eut un très long silence entre nous. Nous mangeâmes consciencieusement notre *sibarou*, arrosé de beaucoup de whisky. Au dessert — qu'était-ce? je n'arrive pas à m'en souvenir —, il reprit la parole.

— Évidemment, tout ça coûte assez cher. C'est pourquoi j'ai accepté de me charger d'une petite mission, pour le compte de deux ou trois gouvernements, mais…

Il hésita. Il avait l'habitude des secrets bien gardés.

— N'avez-vous pas entendu certains bruits, ces derniers jours, des bruits qu'on n'entend généralement pas dans la jungle?

— Oui, peut-être. Mais c'était si lointain, si mal défini…

— Voilà. Vous en savez assez, pour le moment. Mon rapport est presque terminé, je l'envoie demain ou après-demain. Vous allez par là, je crois.

Il indiquait la direction des monts Tiban. J'acquiesçai.

— Moi, j'en reviens.

Il y avait, dans cette simple phrase, quelque chose de, comment dire, définitif.

Nous nous installâmes pour la nuit, lui sous sa tente moustiquaire splendidement équipée, moi dans mon abri de fortune. Avant de s'endormir, il prononça encore ces mots, précédés d'un profond soupir de satisfaction :

— Je ne savais pas que c'était aussi agréable, d'être écrivain…

La nuit fut calme. Je crus entendre quelques murmures, percevoir des mouvements furtifs, mais j'étais trop fatigué, peut-être trop englué dans mes rêves pour leur prêter une attention quelque peu soutenue. Je dormais si profondément que Georges Papineau et sa vingtaine de guides et de porteurs purent lever le camp, au petit matin, sans que j'en aie conscience. Quand j'ouvris les yeux, je ne vis que mon petit barda et mes Dayaks. L'un d'eux portait une casquette que je ne lui avais jamais vue.

Les bruits, dans le lointain, étaient devenus plus lourds, plus insistants.

C'est un bonheur étrange, irréel, qui ne ressemble à rien de ce que vous avez vécu auparavant, sauf si vous remontez jusqu'à votre plus tendre enfance, alors que rien ne limitait votre vision de l'avenir, que le jour s'ouvrait devant vous avec l'infini de ses possibilités. (Le souvenir annule l'envers des choses, les très grands malheurs de l'enfance, ses abîmes, ses plongées dans le désespoir…) Ce bonheur vous a saisi tout à l'heure, pour une cause qui vous échappe, et qui était peut-être une bouchée de *sibarou* un peu moins dégoûtante que les autres, ou encore la sensation, après le repas, contre toute attente, que vous étiez encore capable de marcher d'un bon pas, et plus encore, que la marche vous était agréable, qu'elle était le sens même de votre existence, qu'elle vous faisait vivre malgré toutes les difficultés, tous les dénis, tout ce qui déclarait dérisoire la poursuite de votre expédition. Une musique vous accompagne, une musique sans commune mesure avec ce que pouvaient faire entendre les écouteurs de Georges Papineau, une autre musique dont vous avez très vite renoncé à découvrir la source parce que vous savez bien qu'elle naît de vous-même, du fond de votre existence, et qu'elle se dissiperait très vite si vous tentiez de lui donner une forme extérieure, par le chant ou même le simple murmure. Elle n'est ni gaie ni triste ; elle est heureuse. Elle ne s'interrompt pas quand vous butez sur une difficulté, une racine, quand les moustiques se font trop insistants ou même quand un *semnopithèque* roux gesticule devant vous, là, à quelques mètres, elle ne cesse pas car elle est assez sage pour s'accommoder de tout, pour accompagner tout événement et le transformer en ce qu'il faut bien appeler, oui, une grâce, une faveur. Quelle puissance est la sienne, malgré son humilité, la discrétion de ses modulations, la timidité de ses rythmes ! Vous avez pensé à une voix de femme, et en vérité seule une voix de femme peut être comparée à cette ligne sinueuse, enveloppante, mais ce n'est pas, ce ne peut pas être la voix d'une seule femme, elle est générale et même, osons le dire, abstraite, tout en étant indiscutablement réelle. Pendant quelques minutes ou plutôt quelques secondes, elle est si forte que vous en tremblez légèrement, comme secoué par un vent trop fort, et elle fait disparaître le spectacle de la jungle de Bornéo, pourtant si éclatant. Pendant ces quelques secondes vous êtes ailleurs, à une distance infinie de tout. Puis vous revenez, les arbres, les oiseaux, le sol spongieux, les lianes, les bêtes petites et grosses, tout cela vous revient, vous vous reconnaissez dans un monde lavé de toute faute, vous êtes dans un tableau du douanier Rousseau. Mais la fin, la sortie s'annonce. Le moment arrive, très vite, vous le savez, où vous devrez payer, où vous serez livré à une terreur si pure qu'elle se laisse goûter comme du fiel, comme du vinaigre, et vous êtes là, sur la piste, immobile, pétrifié, dans l'absence absolue de l'amour, et votre guide et vos porteurs dayaks vous regardent avec une crainte révérencielle, attendant le signal qui les fera repartir vers la destination indiquée sur la carte.

Les bruits venaient de la droite, j'en étais sûr. C'étaient, pour l'essentiel, des bruits mécaniques, des martèlements. J'hésitais, je me refusais à reconnaître leur nature, leur sens. Si j'avais eu les écouteurs de Georges Papineau, je les aurais mis sur mes oreilles. Mais cela n'aurait servi à rien, sans doute. Même la chevauchée des Walkyries, même le premier mouvement de la *Symphonie des Mille* de Mahler, même les exaspérations de *Mort et transfiguration* de Richard Strauss auraient été débordés, percés par la puissance de ces bruits nouveaux. J'avais remarqué que les animaux étaient plus rares, aux alentours de la piste.

Autre observation : mes Dayaks portaient tous, maintenant, la même casquette sur laquelle étaient inscrites, en bleu marine sur fond blanc, les lettres H et Q. À mesure que les bruits s'intensifiaient, ils devenaient plus excités ; ils faisaient des pas de danse sur des rythmes très peu dayaks et parfois j'entendais, déformées par leur accent natal, des bribes de chansons. C'était, en français : « *J'ai roulé 400 milles... ma pognée de change... pas d'alcool pas d'tabac...* », et en anglais : « *I'm gonna...* ». Et parfois les deux langues se mêlaient l'une avec l'autre et avec des mots dayaks, ce qui donnait à peu près « *I'm gonna mansané djimbio pas d'alcool* », et c'était assez énervant. J'avais beau m'être prêté à beaucoup d'excentricités depuis le début de l'expédition, j'étais un peu irrité et à plusieurs reprises je les rappelai à l'ordre, dans un style qui n'était pas sans évoquer les habitudes les plus désagréables de l'Organisation. Ils se calmaient un moment puis, quelques minutes ou à la rigueur une demi-heure plus tard, ça recommençait. Ils avaient déjà laissé tomber quelques pièces importantes de notre matériel et je voyais venir la brunante avec inquiétude, car nous n'aurions plus ce qu'il fallait pour établir un campement à peu près décent. Nous serions certainement, entre autres malheurs, dévorés par les moustiques. Mais, je le constatai avec stupeur, les moustiques, ou du moins les plus voraces d'entre eux, avaient presque complètement disparu.

Ma perplexité était à son comble quand j'entendis, corps étranger dans le vocabulaire anglo-franco-dayak de mes collaborateurs, un mot allemand. Oui, un mot allemand. J'aime assez l'opéra pour savoir reconnaître un mot allemand.

— *Sie !*

Ce n'est pas sa tenue, qui n'avait rien de bien original, bottes, culotte bouffante, veste de cuir, casque d'acier peint en jaune, qui me la fit reconnaître, non plus que son visage, mais le revolver. Le revolver pointé dans ma direction d'une manière inimitable et qui fit qu'à l'instant les Dayaks disparurent dans la jungle et me laissèrent seul face à cette furie, cette diablesse, cette ancienne cantatrice… Ça n'allait pas être de la tarte.

Du moins consentit-elle, devant mon désarroi évident,

à ranger le revolver dans sa gaine. Elle s'avança vers moi, me serra la main d'une façon très camarade, et dit :

— Ça va, la santé ? La journée n'a pas été trop éprouvante ? Quelque chose pour votre service ?

Ma foi, elle ne parlait pas comme la prétendue Olga de Grand Rapids, mais comme la serveuse du restaurant de Saint-Lin ouvert vingt-quatre heures par jour ou presque, et je me surpris, en entendant cet accent un peu râpeux, gouailleur, à espérer que, malgré la perte de mes bagages, de mes porteurs et autres broutilles, la suite de l'expédition ne serait pas trop difficile.

Elle semblait détendue, parfaitement à l'aise dans l'uniforme qu'elle portait. Elle eut un geste du bras, désignant la forêt, la jungle, tout ça.

— C'est quand même autre chose que Grand Rapids, Michigan, non ?

Cette affirmation n'était pas de nature à provoquer de chaudes discussions. J'étais convaincu, non sans raison, d'avoir l'air résolument idiot dans cet immense décor, l'allure déglinguée, dépouillé de tout ce qui peut permettre de survivre dans une jungle. Olga — ou… ? — s'approcha de moi et, me touchant le coude comme une vieille amie, me dit :

— On y va ?

C'était, à vrai dire, moins une question qu'une très ferme invitation. J'aurais dû demander où nous allions. Il aurait été normal, et plus que normal, de le demander. Mais les événements dans cette histoire se déroulaient à un rythme tel que je n'arrivais pas à m'y retrouver. À peine comprenais-je, ou croyais-je comprendre le sens de l'un d'eux, qu'un nouveau se présentait, aussi peu justifié que possible par le principe de vraisemblance. Que pouvais-je faire d'autre, quelle attitude plus raisonnable adopter que de m'abandonner, comme en rêve, avec la seule et maigre assurance que le pire n'est pas toujours sûr ?

Après ce très bref dialogue, nous avions cessé de parler et nous marchions d'un bon pas sur la piste étroite. Je la suivais. Ce n'était pas désagréable du tout. Regardant Olga onduler des hanches devant moi, je sentais remonter des souvenirs, des émotions, des musiques, des grands airs, des pulsions, enfin vous imaginez. Mais j'étais vraiment très fatigué, si fatigué que je ne pris conscience de notre avancée que lorsque la piste devint un véritable chemin, une route, débouchant sur…

Le bruit était devenu infernal.

La clairière était immense, dépourvue de toute végétation, et de grosses machines la parcouraient en tous sens, retournant la terre, déposant du béton dans des fosses préparées à cet effet, transportant les matériaux de construction les plus divers, descendus du ciel par des hélicoptères bimoteurs qui ne restaient jamais longtemps au sol, repartant aussitôt leur cargaison déposée en soulevant d'énormes nuages de poussière rouge. Nous nous étions arrêtés, Olga et moi, devant ce spectacle : elle admirant sans doute, je le sentais, puisque de toute évidence elle faisait partie de l'entreprise ; moi, médusé, anéanti, vidé de toute pensée. Nous restâmes ainsi de longues minutes. La jungle n'était plus que le pourtour, la bordure de ce grand cercle où les fourmis humaines, avec leurs outils plus grands qu'elles, s'affairaient furieusement, dans une puissante odeur d'insecticide. Je vis des choses curieuses : un camionneur avait accroché à la porte de son véhicule, en guise de décoration, un python mort ; des hélicoptères avaient été peints aux couleurs de quelques-uns des oiseaux les plus célèbres de la forêt de Bornéo, *alcyon* à grand bec, *calao* à huppe blanche, et cetera ; un homme assez jeune, casqué et vêtu de cuir noir jusqu'au cou malgré la chaleur torride, parcourait à motocyclette l'ensemble du terrain, distribuant ce qui semblait être des tracts, criant des instructions ou des informations, puis effectuant des virages extrêmement périlleux pour le seul plaisir, à mon avis, d'épater la galerie. Il passa tout près de nous, à plusieurs reprises, nous étouffant de poussière. À la cinquième, il ralentit juste assez pour qu'Olga puisse monter en croupe derrière lui, et elle disparut en me lançant quelques mots qui se perdirent dans le tapage général.

En un instant, je compris.

Là-bas, tout au fond, c'était bien une estrade qu'on achevait de construire, ou plus justement une scène, une scène immense. Quelques spots, quelques haut-parleurs avaient déjà été installés, et on travaillait à hisser, au sommet d'une sorte de mât, une affiche sur laquelle était écrit :

ROCKEURS DU MONDE ENTIER
POUR SAUVER LA JUNGLE DE BORNÉO

Un grand concert se préparait, qui serait sans doute retransmis par les télévisions de tous les pays. Quelques participants, parmi les plus aventureux, étaient déjà sur place, et on entendait des éclats de musique produits par des synthétiseurs, des guitares très électriques ou des voix que je croyais reconnaître pour les avoir déjà entendues à la radio.

Je m'avançai lentement, attentif à ne pas me laisser happer ou écraser par quelque machine. J'étais horrifié et fasciné à la fois. J'avais fait la moitié environ du chemin qui me séparait de la scène quand je la vis, à l'extrême-gauche, assise sur une chaise pliante et regardant d'un air absent ce qui se passait devant elle, autour d'elle. Elle était dans le feu de l'action, et elle paraissait n'y avoir aucune part. Que faisait-elle là, à une si grande distance de son bureau, de sa machine à écrire, de ses habitudes? Je ne pus trouver qu'une réponse : elle m'attendait. Elle m'attendait, oui, car lorsque je me trouvai assez près d'elle, elle tourna la tête dans ma direction, sans manifester aucune surprise. Elle eut un mince sourire, celui d'une Catherine Deneuve qui aurait définitivement renoncé au cinéma.

— Nous avons beaucoup rêvé, n'est-ce pas…

Qu'aurais-je pu lui répondre? D'ailleurs, une machine passait tout près de nous, empêchant toute conversation.

Je lui pris la main, et elle se leva. Je voulais retourner avec elle dans la jungle, quitter ce lieu horrible, ces machines, ces sons, ces bruits.

— Non, dit-elle. C'est fini.

Elle m'entraîna plutôt vers un des grands hélicoptères, où l'on nous attendait. Aussitôt que nous y fûmes montés, l'appareil décolla, et bientôt la clairière ne fut qu'une tache sombre dans l'immensité verte de la jungle.

Puis, plus tard, la mer.

L'auteur a lu, comme de bien entendu, le livre admirable de Redmond O'Hanlon, *Au cœur de Bornéo,* traduit de l'anglais par Gérard Piloquet, coll. « Voyageurs 54 », Petite bibliothèque Payot. Mais il a pris quelques libertés avec la géographie. Il a également lu quelques auteurs français de grande réputation, parmi lesquels René Char (p. 77).